# AIR AN OIR

# AIR AN OIR

le
Iain D. Urchardan

Riaghladair Carthannas na h-Alba
Carthannas Clàraichte
Registered Charity SC047866

A' chiad fhoillseachadh ann an 2020 le Acair.

An dàrna foillseachadh ann an 2025 le Acair,
An Tosgan, Rathad Shìophoirt, Steòrnabhagh, Eilean Leòdhais, HS1 2SD

www.acairbooks.com
info@acairbooks.com

© an teacsa Iain D. Urchardan
An dealbh còmhdaich le Iain D. Urchardan

Tha còraichean moralta an ùghdair/dealbhaiche air an daingneachadh.

Na còraichean uile glèidhte. Chan fhaodar pàirt sam bith dhen leabhar seo ath-riochdachadh an cruth sam bith, no a chur a-mach air dhòigh no air chruth sam bith, grafaigeach, eleactronaigeach, meacanaigeach no lethbhreacach, teipeadh no clàradh, gun chead ro-làimh ann an sgrìobhadh bho Acair.

An dealbhachadh agus an còmhdach, Acair.

Gheibhear clàr catalogaidh airson an leabhair seo bho Leabharlann Bhreatainn.

Chuidich Comhairle nan Leabhraichean am foillsichear
le cosgaisean an leabhair seo.

Tha Acair mothachail air riatanasan an Aonaidh Eòrpaich a thaobh GPSR.

Tha Acair a' faighinn taic bho Bhòrd na Gàidhlig.

Clò-bhuailte le Hobbs, Hampshire, Sasainn

ISBN/LAGE 978-1-78907-060-6

# Clàr-innse

| | |
|---|---:|
| Abò Flò | 7 |
| A' cheò | 16 |
| Gruag air sheòl | 20 |
| Cò a choisich? | 23 |
| M' ulaidh | 27 |
| Mac-talla | 30 |
| An seòmar glaiste | 34 |
| An trannsa fhada | 37 |
| Gràisg is gleadhraich | 39 |
| Dè a chanainn? | 42 |
| Fìrinn? | 45 |
| Rathad a-steach? | 49 |
| Gudula | 53 |
| Litrichean a' dannsa | 57 |
| Lin-yo | 62 |
| Cailleach | 65 |
| An trainnse | 68 |
| Mac Mòrna | 73 |
| Seoclaid theth | 77 |
| Laoch ionadail | 81 |
| San lobhtaidh | 86 |
| Math leis a' pheansail | 90 |
| Òrain m' oidhche | 94 |
| Cha do dhùin doras | 96 |
| Oir an t-saoghail | 99 |
| An tè mheadhanach | 102 |
| A' tionndadh | 106 |
| Acras | 109 |
| Cò agaibh a rinn e? | 113 |
| Dubh air geal | 116 |

# ABÒ FLÒ

Bha iadsan fhathast gam ghiùlan, an aghaidh mo chàile, tro cheàrnan concrait gun chrìch. Mu dheireadh thall, thàinig sinn gu feansa àrd le crùn glas uèir-bhioraich oirre 's thàinig maill air a' chàr. Stad sinn aig bogsa-faire glas, le crann-bacaidh dubh is geal mu choinneamh.

Rinn mi a-mach gluasad tro uinneag-aghaidh a' bhogsa: freiceadan tapaidh le aodach-airm air. Chunnaic an tarbh mòr, maol a bha seo sinne cuideachd is dh'èirich e, a' cuairteachadh a chinn 's a ghuailnean. Choisich e an uair sin a-mach às a' bhogsa, gu fèin-chinnteach, chun a' chàir.

Ghnog e a cheann ris an dràibhear 's ris an dithis eile. Ach cha do chuir e fàilt' sam bith ormsa. Cha do rinn e ach mo chairt-aithneachaidh iarraidh, "ID!" Thug an dràibhear sin bhuam 's shìn e thuige e, le aon fhacal, "Abò." Le sùil gheur orm, sgrùd an geàrd m' fhiosrachadh. Gun ghuth, shìn e air ais a-steach i. Thill e an uair sin gu fasgadh na buaile aige is ghnog e a cheann chun na làimhe clìthe. Dh'èirich an crann-bacaidh is ghabh sinne tron gheata fhosgailte. Ach, a' sealltainn a-mach cùl a' chàir, chunna mi gun do dhùin e gu teann a-rithist às ar dèidh.

Ghabh an càr suas rathad le leacan caola, glasa air a dhà chliathaich. Bha barrachd dhiubh air an taobh a-muigh aca: feadhainn ghlasa eile. Cha robh sealladh air feur.

An uair sin, chunnaic mi aig ceann an rathaid e. Togalach tomadach. Bha coltas saidheans-lann air: feumail, ach neo-ealanta. Dhràibh an càr suas chun an dorais is stad e. Dh'fhan neach-faire na cuibhle na shuidhe, ach dh'fhàg e an t-einnsean a' ruith. Dh'fhosgail am fear air an làimh dheis an doras aigesan 's a' gabhail grèim teann air mo ghàirdean dheis, dhrag e às mi. Thàinig an dàrna fear a-mach air an taobh eile 's ruith esan a-nall cùl a' chàir a ghabhail grèim air an tèile. 'S rinn an càr às, air ais sìos an dubh-theàrradh.

Cha robh a' chiad fhios agamsa dè a rinn mi ceàrr.

Shlaod iad chun dorais mi. Chuir am fear air mo làimh dheis a shùilean air an uidheam-aithneachaidh. Dh'fhosgail am balla glainne 's bhrùth iad a-steach romhpa mi, "Move!"

Am broinn an togalaich, bha a h-uile càil glan. Bha tè bhàn na suidhe aig deasga meatailt le mullach màrmoir air. Bha an aon deise-airm oirrese 's a bh' air fear a' gheata. Ach mhothaich mi an turas seo gun robh suaicheantas cruinn airgid air a' bheret aicese, le ìomhaigh sùla mòire snaighte na mheadhan, agus sgrìobhte air bha: SERVE THE EMPIRE.

Thuirt am fear rim thaobh dheas, "Experimental subject." Thug i grad-shùil orm, 's gun ghuth, ghnog i a ceann chun na làimhe deise. Ach cha do dh'innis a h-aodann càil dhomh. Tùsanach thuiginn; ach Cuspair-deuchainne? Dh'iomain an dithis air adhart mi.

Stiùir iad gu balla air taobh deas an deasga mi. Bha dà fhosglan ann, le dorsan airgid. Ghluais fear mo làimhe deise a cheann chun an uidheim-aithneachaidh 's bhrùth e a shùilean ris. Dh'fhosgail a' chiad àrdaichear. "Walk!" Phut iad a-steach mi. Dhùin an doras air ar cùlaibh 's thuirt an ceannard, "Six." Dh'èirich ar ciste. Na bhroinn, bha a h-uile sìon meatailt, còmhdaichte le builgein. Chuimhnich iad dhomh mar a dh'èirich mo chraiceann nuair a bhris an dithis seo a-steach dham dhachaigh sa mhadainn, "Get up! Now! You're coming with us!"

Le suis dh'fhosgail an doras. Bha a h-uile càil an seo gleansach cuideachd. Shùilich mi gun nochdadh daoine le speuclairean 's le còtaichean geala orra. Ach, nuair a thug sinn ceum a-mach às ar preas, cha robh ann ach boireannach eile air cùl deasga, leis an aon deise. Bha an tè seo tapaidh ge-tà, le coltas cruaidh oirre 's a falt air a bhearradh goirid.

"What's it this time?" ars ise gun diù na guth.

"The Abò. For the experiment," fhreagair an ceannard.

Thug i sùil choma-co-dhiù orm. Thog i a corrag is bhrùth i putan an uidheim a bha a' crochadh ri a cluais. Bhruidhinn i an uair sin dhan mheanbh-fhòn a bh' air bior lùbach a' slìobadh ri a bus sìos gu a bilean tana.

"Hi. Professor Timor? It's the Abò. Yes, desk six."

Cha tug sin cus fiosrachaidh a bharrachd dhomh, a thuilleadh air inbhe is ainm.

An ceann mionaid: suis eile – doras a' fosgladh aig ceann na trannsa. Tèile. Mu thrithead, à Eileanan a' Chuain a Deas, Polynesia, chanainn. Cha robh i àrd ach bha i air leth brèagha, le falt fada, dubh is gruaidhean snaighte à cloich. Cha robh deise-airm idir oirrese, no speuclairean. Ach, bha còta geal oirre! Ghluais i a-nall ar taobh-ne ann am modh a bha cho ealanta ri lùth-chleasaiche.

"Hi, agus fàilte gu Ionad an Aonaidh. 'S mise Arima Timor," ars ise ann an deagh Ghàidhlig 's i a' sìneadh a làimhe deise thugam. "Agus 's tusa Fionn MacCoinnich?"

Cha b' i a' Ghàidhlig, no fàilte, a shùilich mi.

"'S mi. Ciamar a tha fios agad air m' ainm?"

"Leugh mi faidhle-fiosrachaidh d' eachdraidh," thuirt i. "Ciamar a bha do thuras?"

"Emm... Bha an càr cofhurtail, ach cha b' ann lem dheòin a thàna mi a' seo!"

"Tha mi duilich gum feumadh sin tachairt. Ach tha 'n suidheachadh agaibh air fàs ro chugallach a-nis airson gun leanadh cùisean orra mar a bha iad."

Thug i sùil air an dithis fhreiceadan 's thuirt i, "Stay here. We're going to the labs."

"But what if the Ab..." thòisich ceannard an dithis.

"I said, stay here!" ars ise gu làidir. "We're going to the labs."

Ghèill esan agus stiùir ise mise, le bas fhosgailte an fhiathachaidh 's cha b' ann le grèim teann an èigneachaidh, chun an dorais tron do nochd i fhèin. Suis eile 's choisich mise troimhe, lem shùilean a' sireadh fhreagairtean. Trannsair, is uinneagan le lòsain cheòthaichte air an dà taobh. Bha doras ri taobh gach uinneig is uidheam-aithneachaidh sùla air gach doras. Rin taobh-san bha dà phutan eile: dubh is glas.

Bhruidhinn an t-Àrd-ollamh, "Seallaidh mi dhut a-nis carson a thug sinn an seo thu."

Stiùir i chun a' chiad uinneig mi 's bhrùth i am putan cruinn dubh. Sa bhad, thog an ceòthachadh bhon uinneig 's chunnacas seòmar làn de dhaoine, gun deise-airm no còta geal air gin aca. Ach, cha do chlisg aonan dhiubh nuair a thog an ceòthachadh. Sheall mi air Timor.

"Chan eil càil a dh'fhios aca gu bheil sinn gan coimhead," ars ise. "Chan fhaic iad ach sgàthan air an taobh acasan."

A thaobh aois, bha iad eadar ochd-deug 's ochdad bliadhna. Ach, bha gach fear is tè dhiubh, òg is aosta, nan suidhe ann an cathraichean-cuibhle motairichte! Mun coinneamh air na cathraichean, bha bòrd beag le meur-chlàr is sgàilean. Bha iad uile a' dùr-choimhead nan sgàilean agus bha speuclairean orra uile. Chunnaic mi an uair sin rud annasach eile. Ged a bha iad nan inbhich, bha na cluasan aca cho beag ri feadhainn leanabain. Bha, agus na beòil aca. 'S cha robh gin dhiubh a' fosgladh am bilean. Cha do rinn iad dad ach suidhe, a' sgrùdadh nan sgàilean 's a' sgrìobhadh.

"Seadh?" dh'fhaighnich Timor.

"Chan eil mi ga thuigsinn. Dè a tha dol a' seo?"

"Seo na h-Ùranaich, no mar a chanadh sibhse, an luchd-ionnsachaidh," ars ise. "Tha sinne air a bhith gan sgrùdadh thar dheicheadan a-nis. Dh'fhàs iad cho ceangailte ri bhith nan suidhe fad an latha mu choinneamh nan sgàilean aca – a' leughadh 's a' sgrìobhadh 's ag ionnsachadh gràmar is briathrachas – is gun do chaill iad comas nan cas. Tuigidh tu fhèin, mar sin, carson a tha speuclairean orra uile cuideachd."

"Och, ist!"

"'N fhìrinn a th' agam! Tro ùine agus le dìth a' chleachdaidh tha na fèithean aca, nan sliasaidean, nan calpannan, nan luirgnean, nan adhbrannan agus nan casan air fàs cho lag is gu bheil iad gun chomas an cuideam a ghiùlan tuilleadh. Mar sin, ma tha iad a' dol a ghluasad, feumaidh iad cathraichean-cuibhle. Mhill iad am fradharc cuideachd – a' leughadh gun sgur."

"Ò thalla! Tha thu a' tarraing asam!" arsa mise.

"Chan eil, gu mì-fhortanach. Ach, cha robh a h-uile h-atharrachadh dona. Seall fhèin nuair a sgrìobhas iad, cho luath, sgileil 's a tha na corragan 's na h-òrdagan aca agus cho làidir 's a tha na caoil-dhùirn aca cuideachd!"

"Ach carson a tha na cluasan 's na beòil aca nas lugha na bu chòir dhaibh a bhith?"

"Gnè-atharrachadh a nochd tro thìm," ars ise. "Ged a bha iad measail air leughadh 's air sgrìobhadh, cha robh a' mhòr-chuid dhiubh idir miadhail air èisteachd 's air bruidhinn."

"Carson?"

"Dà adhbhar," thuirt i gu cinnteach. "Sa chiad àite, bha eagal air tòrr dhiubh mearachdan a dhèanamh. Nuair a dh'èisteadh iad ri tùsanaich, a' bruidhinn aig astar a bha nàdarra dhuibhse, bha sin ro luath dhaibhsan. Dhì-mhisnich sin tòrr dhiubh. Nuair a leughadh iad briathran far an sgàilein ge-tà, dhèanadh iad sin aig an astar fhèin, gun nàire. Bha sin cofhurtail dhaibh."

"Òcaidh. 'S an dàrna h-adhbhar?"

"Na tùsanaich a-rithist," ars ise. "Bha tòrr agaibh eu-deònach bruidhinn riutha nur cànan fhèin. Bhiodh sibh a' càineadh an cuid fuaimneachaidh 's a' cur orra gun robh iad a' dèanamh stialladh cho uabhasach air a' chànain 's gum b' fheàrr leibh 'cainnt chruaidh na h-Ìmpireachd' a chleachdadh leotha."

"Och ist!" thuirt mi gu làidir.

"Chan ist mi!" fhreagair ise, a cheart cho làidir. "Tha esimpleirean clàrichte againn."

"Uel, a dh'aindeoin 's gur tusa aon dhen fheadhainn as fheàrr a chuala mise riamh, aithnichidh mise gur e Ùranach a th' annad fhèin."

"Ciamar?" dh'fhaighnich i 's fèithean a h-aghaidh air tuiteam.

"Uair no dhà, dh'fhuaimnich thu litir san dòigh cheàrr. Bidh tàire daonnan aig luchd-ionnsachaidh leis na litrichean 'D' 'T' 'L' 'N' is 'R'. Ach, seo mo phuing: cha do chuir eagal mhearachdan bacadh ortsa. 'S chan eil thusa ann an cathair-cuibhle!"

"Òcaidh," ars ise le sonas air a h-aodann. "Ach, dh'ionnsaich mis' air dhiofar dhòigh i."

"Sheadh?"

"Cha b' ann a-mach à leabhar gràmair a thug mise a' chainnt an toiseach idir."

"Dè, a-rèist, a rinn thu?" dh'fhaighnich mi.

"Uel, an toiseach, mus do rinn mi dad eile, dh'èist mi ri faidhlichean-fuaim. Airson mhìosan! Bha stòras dhiubh air-loidhne. 'S bha sin cudromach, oir, mar choigreach, dh'fheumainn fàs cleachdte ri fuaimean ùra, nach robh agam nam chiad chainnt. Leugh mi seann leabhar fuaimneachaidh cuideachd, fear a sgrìobh eòlaiche cànanachais, agus, dh'èist mi ri clàr a thàinig leis. Dh'innis sin dhomh far am bu chòir dhomh mo theanga a chur airson nan diofar fhuaimean a dhèanamh. Agus bha mise fortanach, oir chuir mi eòlas air cailleach a bha a' fuireach faisg orm an ceann a-deas a' bhaile. B' ise aon dhen triùir Thùsanach mu dheireadh san t-siorramachd. Agus bhiodh ise gam theagasg sa flat aice, gu foighidneach."

"Nach buidhe dhut! Bha do mhodh-ionnsachaidh-sa car coltach ris an dòigh san d' fhuair mise mo cainnt nam leanabh. Èisteachd, bruidhinn 's ceartachadh – an toiseach."

"Seadh. 'S an dèidh sin, dhaingnich mi m' eòlas le cùrsaichean gràmair air-loidhne."

"'S ann a tha thusa nas fheàrr dheth na tha mise ma-thà," dh'aidich mi. "Nuair a thig e gu gràmar, chan eil feum sam bith annamsa."

"'S dòcha, san dòigh sin. Ach chan eil an dualchas no na gnàthasan-cainnte agamsa."

"Tha thu fada nas fheàrr na tha thu 'n dùil. Ach, carson nach toir thusa an seòrsa oideachaidh a fhuair thu fhèin dhaibhsan a tha sna cathraichean-cuibhle?"

"Chan eil iad ga iarraidh! Tha iad ro chleachdte ris na dòighean-obrach aca fhèin a-nis agus cha ghluais iad air falbh bho na sgrìobhainnean aca – mus mag daoine orra."

"Ach mar sin tha còmhradh nam chànain-sa a' dol a bhàsachadh?"

"Tha," ars ise 's i gam choimhead san t-sùil. "Mura dèanar rudeigin ma dheidhinn."

"Ach aig an ìre sa, dè as urrainnear a dhèanamh?"

"An e an seòrsa fear a th' annadsa," arsa Timor, "a ghabhas ri dùbhlan?"

"'S dòcha," thuirt mi gu mì-chinnteach. "Ach innis dhomh dè th' ann an toiseach!"

Bhrùth i am putan a-rithist agus chan fhaiceamaid tuilleadh iad.

"Trobhad 's seallaidh mi seòmar eile dhut," ars ise.

Ghluais sinn chun na h-ath uinneig. Bhrùth i putan dubh eile, is thug i sùil orm.

San t-seòmar seo, bha boireannach leatha fhèin. Bha i eireachdail. Cha robh ise idir ann an cathair-cuibhle 's bha coltas làidir air a h-adhbrannan 's air a calpan. Mhothaich mi. Bha bilean làna oirre agus bha meud nàdarra air a cluasan. Ach cha robh na caoil-dhùirn aice, no na corragan aice, cho tapaidh 's a bha feadhainn nan daoine eile. Ach, bha i na crùbain an oisean an t-seòmair, le coltas caillt' oirre.

"Cò ise?" dh'fhaighnich mi.

"Sin agad Flò NicDhòmhnaill: tùsanach a th' innte."

"Dè cho fada 's a tha ise air a bhith an seo?"

"Thàinig i a-steach o chionn mu fhichead bliadhna, cuide ri a pàrantan."

"An tàinig iadsan a-steach, no 'n deachaidh an toirt a-steach, coltach riumsa?"

"Lorg an luchd-siridh againn iad an Gleann Falaich, goirid air trithead mìle air falbh bho Choille an Ònarain far an robh thu fhèin."

"An e a bhith glaiste an seo a tha ga fàgail dubhach?"

"Chan e. Chaochail a pàrantan o chionn mu dhà mhìos."

"Dè thug bàs dhaibh?"

"An aois. Bha 'd aosta mus robh ise aca. Ach tha eagal orm nach bi ise fad' air dheireadh orra. Tha i a' sìor dhol bhuaithe. 'S chan eil an còrr dhe seòrs' ann."

"Dè an seòrsa nach eil ann?"

"Tùsanaich fhileanta, bhoireannta. 'S ise an tè mu dheireadh a tha a' giùlan nan seann ghinean, nan seann mhodhan 's an t-seann teanga agaibhse. Chan eil an còrr dhiubh ann."

"Thalla!"

"'N fhìrinn a th' agam. O thoiseach 'Àm a' Chrìonaidh', tha sinne air sùil gheur a chumail air ur sluagh-se. Tha sinn air crìonadh ur cultair, ur cànain, 's ur cuideachd a chlàradh. B' ise 's a màthair an aon dithis a bh' air fhàgail, san dùthaich seo. Mar sin, on a chaochail a' chailleach 's i Flò deireadh an rathaid – mura h-eil feadhainn eile agaibh thall thairis."

Ruith mo chuimhne gum mhàthair, Catrìona Iain an Iasgair agus gu m' athair, Eachann Choinnich Thuarnaig! 'S a-nis, bha eòlaiche ag innse dhomh nach biodh cainnt bhlasta nan daoine uasal sin beò tuilleadh nam dhùthaich nuair a dheigheadh mo chur-sa fon fhòid!

"Carson nach cuir sibh ise còmhla ris an fheadhainn a tha an ath-dhoras ma-thà?"

"Dh'fheuch sinn sin. Ach cha do dh'obraich e."

"Carson?"

"Aig an àm, thòisich an triùir thùsanach air gearain, mu cheistean 'gòrach' nan Ùranach. Mar a tha fios agad, cha d' fhuair tòrr dhed shluagh-sa oideachadh-gràmair sgrìobhte. Beul-aithris a bh' agaibhse. Mar sin, nuair a dh'fhaighnicheadh Ùranaich mu thuisealan 's mu roimhearan cha robh fios acasan dè fiù 's a bh' annta. Cha b' urrainn dhaibh freagairtean a thoirt dhaibh 's dh'fhàg sin iadsan a' faireachdainn gòrach. Cnap-starra a h-aon!"

"'S dè eile?" dh'fhaighnich mi.

"An 'droch' Ghàidhlig aig na h-Ùranaich. Chluinninn màthair Fhlòraidh ag ràdh rudan mar, 'Chan e, "Tha mi a' faighinn nas fheàrr," a th' ann ach, "Tha mi a' fàs nas fheàrr."' Dh'fhaighnicheadh Ùranach: 'Carson?' Fhreagradh ise, ''S e sin a tha ceart!' Thilleadh a' cheist ge-tà, 'Ach, CARSON a tha sin ceart 's am fear a thuirt mise ceàrr?' Dh'èigheadh ise: 'Ò, nach gabh thu ris! Mar a rinn mise lem mhàthair-sa! Dìreach cleachd e, 's sguir gam chur thuige le, "CARSON," fad na h-ùine!"' Mu dheireadh, b' fheudar dhuinn an sgaradh."

"Nach bochd gur ann mar sin a ruigeadh beul-aithris Ghàidhlig deireadh an rathaid!"

"'S bochd dha-rìribh," dh'aontaich i. Is stad i, "Ach, tha aon chothrom eile ann …"

"Dè?"

"Uel, nan deigheadh tusa a-steach còmhla ri Flò 's gun còrdadh sibh ri chèile 's dòcha gun deigheadh agaibh air ur dualchas a chumail beò – còmhla."

"Eh? Ò thalla! Cha chumadh aon teaghlach leatha fhèin a' Ghàidhlig beò."

"Leig leam crìochnachadh. An uair sin dh'fhaodadh sibhse 's ur clann na h-Ùranaich a thogail às na cathraichean aca le teagasg fhoighidneach," ars ise. "A bheil thu deònach?"

# A' CHEÒ

"Uuuuuhhh!" dh'èigh mi, a' suidhe dìreach nam leabaidh. "Dè an aon saoghal ...?"

Sa chamhanaich, bha an trom-laighe ud air mo chrathadh às mo shuain a-rithist. Bha fios agam nach robh innte ach droch aisling. Ach, bha i a' faireachdainn gu tur fìor. Na solais, an t-àileadh 's gu sònraichte ... am fòirneart. Bha fios a'm nach caidlinn a-nis. Mar sin, sgìth 's ged a bha mi, dh'èirich mi 's chaidh mi sìos an staidhre far an do dh'òl mi biast de mhuga mòr cofaidh dubh.

Na àm fhèin, sheòl an trom-laighe às.

Beagan ro mheadhan-latha, bha mi nam sheasamh aig doras a' chidsin, fo gheasaibh. Oir, shìos slios na beinne fodham, chunnaic mi ceò a' snàgail thar na mara, gum làimh chlì. Ceò fìor-gheal a' liùgadh gu slaodach a-steach dhan bhàgh, seachad air a' chidhe 's thar nan taighean daithteach a bh' air an oirthir.

An toiseach shaoil mi gun robh e nàdarra.

Bha an t-adhar gun sgòth 's bha a' ghrian a' deàrrsadh. B' e sin a shaoil mise a dh'fhàg fuachd fliuch glacte gu h-ìosal, os cionn na sàile, a' dèanamh ceò mara. Mhothaich mi, gum làimh dheis, gun robh aghaidh-toisich na ceòthaidh ga losgadh leis a' ghrèin. Bha sin nàdarra 's cha do shaoil mi cus dheth.

Sheas mi ga choimhead airson treis 's e a' còmhdachadh a' cheathramh pàirt dhen ghleann. Chanadh cuideigin le mac-meanmhainn gun robh a' cheò ag iarraidh am baile a chur à sealladh. Chòmhdaich e na taighean, na taighean-òsta, na bùithtean, stèisean nam busaichean, stèisean nam poileas, agus stèisean an dealain cho fada suas ris an làraich gnìomhachais. Bha 'm baile fo cheò. Ach, fhathast, cha robh ann dhòmhsa ach rud nàdarra.

Mar sin, chaidh mi gu cùl an taighe a dhèanamh na nigheadaireachd is beagan iarnaigidh. Fhuair mi air ultach math a dhèanamh. Thog mi an uair sin mo leabhar ùr. Mun àm a thàinig mi air ais sìos gu taobh uinneagach m' aitreibh, bha a' ghrian a' dol fodha.

Ach ghabh mi mòr-iongnadh nuair a chunna mi gun robh a' cheò air an gleann gu lèir a chòmhdachadh a-nis. Bha e na chuibhrig sgleòthach bho aon cheann chun a' chinn eile, suas gu treasamh àirde nam beanntan. Chan fhaicinn piuc dhen bhaile no dhen rathad agus bha an leus a dh'èirich tron doilleireachd lag, neònach – mar gun robh rudeigin air an neart a dheoghail às na solais-sràide.

Bho thaobh a-staigh mo dhachaigh shàbhailte, letheach slighe suas slios na beinne, b' iongantach an sealladh. Chaidh mi a-mach airson sùil na b' fheàrr a thoirt air agus airson mo chlaisneachd a chur gu feum, gun ghlainne eadar i fhèin 's fuaim sam bith a dh'innseadh dhomh dè bha tachairt.

A-muigh sa ghàrradh san fhionnairidh bha cùisean sàmhach, gu ìre neo-àbhaisteach. Cha robh aon eun a' ceileireadh. Cha chluinninn sìon gu h-ìosal na bu mhò, fiù 's comhartaich chon. A-nis bha an solas coimheach seo gam fhàgail beagan an-fhoiseil. Chan fhaca mi riamh mar seo e. Dh'fhòn mi sìos dhan bhaile gu dà theaghlach a b' aithne dhomh. Ach cha robh na ceanglaichean-fòin ag obrachadh. Cha chluinninn ach bìogail beag briste neònach.

Fhad 's a bha mi nam sheasamh an sin san fhuachd, leis a' ghuthan (mar a chanadh mo sheanair) rim chluais, thachair gun do sheall mi suas an gleann, gum làimh dheis.

B' ann an uair sin a thòisich mi dha-rìribh air smaoineachadh gum b' e rudeigin mì-nàdarra a bha ann; gun robh rudeigin bagarrach a' dol. Oir shuas an sin, thar gualainn na beinne, chunnaic mi lasadh làidir orains. Ann am Borgh, baile beag sgapte, gun sholais-sràide? Bha e mar gun robh cuideigin air teine mòr a lasadh ann. Cha robh càil a dh'fhios a'm ge-tà cò, às an t-saoghal mhòr fharsaing seo, a bhiodh air teine a chur ris. Cha b' e àm fhalaisgean a bh' ann. Ach bha lasadh an teine mòr.

Sa bhad, ghabh mi sìnteag a-null dhan gharaids far an robh an quad. Shad mi orm mo sheacaid-dhìonach 's mo bhòtannan 's mo mhiotagan, is leum mi air. Ach, gu h-annasach, cha do thòisich e air a' chiad char idir, ach a-mhàin nuair a chrom mi dheth 's a thug mi dha trì tarraingean dhen chòrd. Las na solais, ach bha iadsan cuideachd caran fann. Co-dhiù, leum mi air a-rithist agus lem dhruim a-nis ris a' cheò, ghabh mi suas an staran gu cùl an taighe.

Nuair a ràinig mi an geata, cha deachaidh mi idir gum làimh dheis airson a dhol sìos an rathad mòr, tron bhaile 's a-null a Bhorgh. Chan eil fhios a'm carson, ach thuirt rudeigin rium gum bu chòir dhomh an ceò a sheachnadh – gum bu chòir dhomh fuireach os a chionn. B' e sin a rinn mi. Thionndaidh mi gum làimh chlì, air an rathad shingilte a bha a' dol pàirt dhen t-slighe gu Dùn Dùgan. Ach ghearrainn-sa dheth air an t-seann rathad dròbhaidh a bha a' dol a-null taobh Bhuirgh.

A' siubhal, habair gun do gheuraich faobhar fuar na gaoithe m' inntinn. Lùig mi gun robh mi air mo bhonaid a chur orm. Nuair a thàinig mi gu ceann rathad-teàrraidh mo bhaile bhig bha an t-seann fhrith-rathad romham.

Ghabh mi air, a' dol mar an dreaga a-nis. Mise 's an quad air cas-cheum neo-chothromach a' buiceil 's a' bocadaich 's na rothan-toisich a' tilgeil smugaidean uisge-salach nam aodann. Thionndaidh mi far an rathaid agus ghabh mi a-null an rathad dròbhaidh. Chunna mi copagan, deanntagan, luachair, creagan, sealastair, raineach 's barrachd chreagan – uile a' grad-ruith seachad orm nam boillsgidhean. Ach, cha b' ann orrasan a bha m' aire.

Cò a las an teine? Cha b' e oidhche fèille a bh' ann.

An dèidh an còmhnard fhàgail, thòisich mi a' dìreadh chun a' phuing a b' ìsle eadar an dà bhinnean. Trì mionaidean aig a' char a b' fhaide, 's ruiginn am mullach. Bha mi air bhioran.

Bha barrachd fraoich air gach taobh dhìom a-nis, làn ghartain ghalarach.

Cha tug e fada gus an do ràinig mi 'm bàrr. Stad mi an t-einnsean.

Sheall mi sìos fodham agus reoth mo chridhe! Oir, bha m' fhìor throm-laighe dìreach air tòiseachadh.

Bha àsan air tighinn.

# GRUAG AIR SHEÒL

Cha robh Aonghas idir sìtheil. Às dèidh sgaradh-pòsaidh aimhreiteach agus an t-aonranas a lean, dh'fhairich e gun robh toll na bhroinn. Air sgàth gun robh mise air innse dham charaid-obrach mun t-sòlas a bh' agam-sa nam bheatha, bha e air iarraidh tighinn còmhla rium gu Eaglais Shaor Shaor a' bhaile. Shaoil mi gun còrdadh na Sailm Ghàidhlig ris.

Nuair a chaidh sinn a-steach air an doras mhòr, mise gu sunndach, esan gu nearbhasach, thionndaidh sinn suas an staidhre dhan ghailearaidh. Cha bhiodh uimhir de shùilean ga choimhead an sin. Bha a h-uile sìon mar a shùilichear: sainnsearachd urramach is gnogaidhean-cinn choibhneil 's bodach na aonar air an taobh thall, a' gorradaireachd.

Dìreach ro àm tòiseachaidh na seirbheis, rinn an t-Urr. MacRaibeirt, leth sheann-duine liath, a shlighe chun na cùbaid. Shuas gu h-àrd an sin, sia troighean os cionn àichidh, thog e a shùilean is sheall e air a' choitheanal. Ma choinneamh, bha faisg air dà-cheud dhen luchd-cràbhaidh a bu shaoire a bh' ann! Oir, bha cuid dhe na Saor Shaoraich dhen bheachd gun robh iadsan na bu shaoire na buidheann sam bith eile san t-saoghal a bha a' smaoineachadh gun robh iad fhèin saor. An dèidh dha ar sgrùdadh, chuir e fàilte oirnn is leugh e liosta de thachartasan-eaglaise na seachdain. An uair sin dh'iarr e oirnn a' chiad Shalm a sheinn. Às dèidh èisteachd ris a' chiad rann, ghabh Aonghas pàirt san t-seinn cho math 's a b' urrainn dha. Dìreach mar a shaoil mi.

Letheach slighe tron t-salm ge-tà, chunnacas am bodach air an taobh thall bhuainn a' cur a chinn seachad air oir a' ghailearaidh 's e a' feuchainn ri rudeigin fhaicinn foidhe. Ach, fhad 's a bha e ris, thuit a ghruag dhonn far bhàrr a chinn. Agus ged a leum a làmhan son a ghlacadh, sheòl e sìos ... is stad e ann an leabhar Salm mnà spaideil nach b' aithne dhomh.

Leis an eagal a ghabh ise leig i sgreuch aiste 's thuit an Salmadair às a grèim. Ach bha a' ghruag dhonn fhathast aice na làimh chlì. An ath rud, sheall i na cabhaig ma coinneamh 's rot i a' ghruag air ceann maol bodaich liath a bha na shuidhe ma coinneamh.

Habair coltas a bh' airsan ge-tà nuair a thug e far bhàrr a chinn e 's a chunnaic e dè a bh' ann. Thionndaidh esan an uair sin 's thug e sùil cheasnachail, mhì-thoilichte oirre.

Uel, sheall Aonghas orm 's le chèile leum lasgan asainn. Theab sinn sgàineadh!

Thionndaidh an coitheanal uile gar coimhead. Niste, chan fhaca àsan idir na thachair, dìreach peacaich dher leithid-ne nach robh a' cumail sùil air ar Salmadairean mar bu chòir.

Ach, ach, ach ... san dearbh mhòmaid a sheall iad oirnne le uabhas, chualas am mothar gàire a bu mhotha a leig duine riamh às, tron mhicrafòn! Nuair a sheall sinn dhan àite às an tàinig am fuaim, dhan chùbaid, bha MacRaibeirt Mòr na ghadan. A' gàireachdraich gun chiall, bha aon làmh a' greimeachadh air a' chùbaid 's an tèile eile timcheall air a stamag. Cha b' urrainn dha stad. Mu dheireadh, shleamhnaich e sìos an suidheachan gu làr na cùbaid. Ach, chitheadh sinne e a' bualadh a shliasaidean 's na deòir a' dòrtadh sìos a ghruaidhean. Is chluinneamaid fhathast e a' cireasail mar bhalachan tro na fuaimeadairean.

Dh'èirich dithis dhe na h-èildearan is dhìr iadsan suas thuige. Nuair a ràinig iad a' chùbaid bhruidhinn iad gu socair 's gu glic ris. Gu follaiseach, cha robh àsan air an rud fhaicinn a chunnaic sinne. Ach nuair nach b' urrainn dhàsan e fhèin a shocrachadh, ghiùlain iad a-mach às a' chùbaid e, tron doras, a-steach dhan oifis chùil aige.

Ach chuala sinne e tron mhicrafòn a' cireasail, "Hì-hìdh ... chan fhaca mi càil cho èibhinn riamh nam bheatha!"

An uair sin thionndaidh Aonghas thugam 's thuirt e, "Habair gun tug siud togail dhomh! Chan fhaca mi càil cho èibhinn riamh. Ge b' e dè a nì thusa 'ille, bi cinnteach gun till mise a' seo an ath sheachdain!"

## CÒ A CHOISICH?

Deichead fhada on a dh'fhàg Aimi Port Rìgh le cridhe trom, bha gàire mòr farsaing a-nis air a h-aodann – 's i air tilleadh ann. Bha dreasa ùr 's brògan ùra aice. Cha robh a dhìth a-nis ach leisgeul airson an cur gu feum. Fhuair i sin nuair a dh'iarr a seann charaid, Roz, oirre a dhol còmhla rithe air splaoid Oidhche na Bliadhn'-ùire. Cha b' e ruith ach leum!

An oidhche sin shruth am Prosecco mar eas agus nuair a dhùin na taighean-seinnse, dhanns iad an slighe suas gu pàrtaidh air Sràid Bhlàbheinn. Chòrd a' chùis glan ri Aimi. Ach, corra uair tron oidhche, chuimhnich i air na làithean geala a dh'fhalbh.

Bha i air Malaig fhàgail an samhradh a bha i sia bliadhn' deug 's i airson tòiseachadh air a slighe fhèin a dhèanamh tron t-saoghal. B' e a h-amas gun cosnadh i beagan airgid mus deigheadh i dhan Cholaist. Mar sin, fhuair i obair ann am Port Rìgh, san 'Tongadale', is dh'fhuirich i an-asgaidh còmhla ri Màiri, co-ogha a màthar.

Aig a h-obair choinnich i ri Sam Mac a' Phì. Bha esan trì bliadhnaichean na bu shine na ise 's bha e follaiseach, bhon chiad diog, gun robh a shùil innte. B' e meacanaig a bh' ann agus bha seann BMW snog, gorm aige, le mullach-bog dubh air. B' iomadh turas, nuair a bhiodh làithean aig an dithis aca far na h-obrach, a thigeadh e ga togail airson a dhol cuairt leatha. Cha robh aon òirleach de rathad-teàrraidh an eilein air nach do sguab e leis i.

Chuimhnich Aimi cuideachd gu teò-chridheach air na glumagan. Cha b' iad idir 'Glumagan nan Sìthichean', far am biodh luchd-turais mar na seangain, ach feadhainn dhìomhair, faisg air Na Torrain. B' ann an sin a ghabh i a làmh airson a' chiad uair agus bu tric bhon àm sin a choisich iad còmhla thar na mòintich thuca. Nuair a ruigeadh iad, habair gum biodh cuirmean-cnuic, snàmh is suirghe a' dol. An samhradh ud, shaoil Aimi gum biodh a' ghrian an-còmhnaidh a' deàrrsadh air Eilean a' Cheò.

Ach, aig deireadh an t-seusain, dh'fheumadh i a dhol a dh'Inbhir Nis, mar a chuir i roimhpe. Dh'ionnsaicheadh i a ciùird mhiannaichte an sin: neach-ealain maiseachaidh.

Nuair a chuala Sam seo ge-tà, fhuair a chridhe sgailc uabhasach. Bha e às a rian ma deidhinn. Cha robh e furasta do dh'Aimi na bu mhotha. Ach dh'fheumadh i coiseachd air falbh.

Às dèidh dhi Sam fhàgail, dh'fhònadh iad a chèile. Rachadh esan cuideachd a-null ga faicinn. Ach tron chùrsa fhuair i cearcall de charaidean ùra a bhiodh ga toirt a-mach gu àiteachan ùra. Mar sin, thar mhìosan – an dèidh brath no dhà a' dol chun na fòin-freagairt aice, gun fhreagairt fhaighinn air ais uaireannan – cha do dh'fheuch Sam cho tric tuilleadh. Mu dheireadh, sguir e a dh'fheuchainn. Ach, dh'fhan aon rud na h-inntinn, an teacsa mu dheireadh aige:

"Leig do làmh-sa às mo làmh-sa. Ach cha leig mo spiorad-sa thusa às gu bràth. Gaol sìorraidh. Sam."

An dèidh puile ge-tà, ghlac fear ùr a h-aire – Charles. Còcaire a bh' ann. Coltach ri tòrr dhiubhasan, bha a nàdar car frionasach. Bha sin beagan tarraingeach do dh'Aimi a-nis 's thug i dha a cridhe. Bha i fhèin is Charles còmhla sia bliadhnaichean – gus an d' fhuair i a-mach gum bu toigh leis-san diofar phrìomh chùrsaichean a bhlasad 's nach b' e an t-aonan a-mhàin. Sgàin e a cridhe. Cha b' urrainn dhi earbsa a chur ann tuilleadh is fhuair i flat dhi fhèin. An dèidh sin chaidh i a-mach le fear an siud 's an seo – ach cha toireadh i na bh' air fhàgail dhe cridhe do dhuine sam bith on àm seo a-mach.

Bu tric ge-tà, a chuimhnicheadh i air Sam 's air an teacsa. Is dhèireadh ceist: an urrainn dhut coinneachadh ris an 'neach cheart' aig an 'àm cheàrr'?

Mar sin, aig pàrtaidh na Bliadhn'-ùire dh'fhaighnich i an robh fiosrachadh sam bith aig duine mu Sham. Thuirt Roz gun robh e fhathast ag obair aig a' gharaids 's a' fuireach ann an Lisigarry Court, agus, nach robh leannan stèidhichte air a bhith aige on a dh'fhàg ise e.

Aig àm nan glag, bha an craic math. Ach mun àm a thàinig uair sa mhadainn, bha Aimi air a diù a chall sa phàrtaidh. 'S on a bha Roz air 'caraid' fhaighinn, choisich Aimi a-mach do dh'fhuachd a' bhaile leatha fhèin, caillte na cuimhneachain. Ged a bha an sneachda air sgur a chur, bha an oidhche sgòthach, reòthte, sàmhach fad na slighe sìos gu bonn an leathaid.

Sa cheàrnaig, bha Aimi an dùil leantainn oirre suas gu Bearraid Bosville far an robh a h-àite-fuirich, 'Benlee'. Ach, airson adhbhar air choireigin, stad i 's sheall i a-null gu taobh thall na ceàrnaig.

An sin, bha fear na sheasamh aig oisean Stèisean nam Poileas, far a bheil an clobhsa. Theab i faomadh. B' esan a bh' ann: Sam. B' esan, dha-rìribh, a bh' ann – ga coimhead. Smèid e rithe a dhol a-null thuige. Thionndaidh e an uair sin is choisich e sìos dhan chlobhsa bhig. Rinn Aimi a slighe a-null dhan chlobhsa. Nuair a ràinig i a cheann, bha esan a-nis air taobh thall an rathaid, aig bàrr nan steapaichean a bha a' dol sìos gu Lisigarry Court. Thionndaidh e, smèid e rithe an dàrna h-uair is chùm e air sìos. Lean ise a-null an sin cuideachd e.

Ach, nuair a ràinig Aimi bàrr nan steapaichean chaidh i fuar. Oir, letheach-slighe sìos, bha Sam na chlostar air steap mhòr aig an doras. Chrom i sìos thuige gu faiceallach. Nuair a ràinig i e bha a shùilean dùinte 's a bhilean gorm, agus bha cruth mì-nàdarra air a chasan.

"Sam! Sam!" ars ise a' cur a làimhe air aodann. Bha e reòthte.

A' tighinn thuige fhèin, sheall e oirre 's, gu socair, thuirt e, "Aimi a ghaoil, thill thu."

"Sam! Dè fo ghrian a thachair?"

"Dh'èist mi ris a' Chòmhlan Pìoba ... sa Cheàrnaig ..." thuirt e gu fann. "Nuair a chuala mi na glagan ... rinn mi air a' flat. Ach ... bàrr nan steapaichean ... thuit mi ... deigh."

"Sa bhad a chuala tu na glagan? Aig meadhan-oidhche?"

"... Uh-huh."

"Ach chunna' mis' an-dràsta fhèin thu, shuas gu h-àrd. Smèid thu rium 's lean mi thu," fhreagair i 's i a' cur air a' fòn aice. "Tha e fichead mionaid an dèidh uair a 'ràidh. Seall."

Ach, bha sùilean Sham dùinte a-rithist.

Sa bhad, dh'fhòn i airson ambaileans.

Cha b' fhada gus an do rànaig àsan. Às dèidh dhaibh a dhèanamh cofhurtail 's an cràdh a mhùchadh, thug iad dhan ospadal e. Dà adhbrann bhriste.

Mu dheireadh thall fhuair Aimi cead a dhol chun na leapa aige. Bha e a' coimhead na b' fheàrr 's an dèidh beagan còmhraidh aotrom dh'fheuch i air innse dha mar a thachair dha.

"Ach tha mi 'g innse dhut," fhreagair e. "An diog a chuala mi na glagan, dh'fhàg mi oisean stèisean nam poileas, mar a rinn mi a h-uile bliadhna on a choisich thu air falbh uam. Chan urrainn dhòmhsa mire a dhèanamh às d' aonais. 'S aig bàrr nan steapaichean thuit mi – air deigh."

"Ach, a ghaoil ... feumaidh gun do chuir an sgailc a fhuair thu ceàrr thu. Oir, chunnaic mise, gu cinnteach, thu – an dà chuid aig ceann stèisean nam poileas, agus, aig mullach nan steapaichean. Smèid thu rium dà thuras ... cuimhnich? Is lean mi thu!"

"Aimi, a ghaoil – ge b' e cò a bh' ann, cha bu mhis' e ..."

"Och, a Shaaaam ..."

"Tad, Aimi! Dearbhaidh mi e. Nuair a thuit mi, chuir mi teacsa gum bhràthair – dìreach mus do chaill mi mo mhothachadh," ars esan 's e a' togail na fòin. "Ach feumaidh nach robh esan sòbarra gu leòr airson a leughadh ... Seall!"

*thuit mi aig mo steapaichean cràdh mòr casan briste thig sa bhad*
*00.02 Sunday 01 January*

Sheall Aimi air le iongnadh. B' esan, gun cheist, am fear. B' e seo, a-nis, an t-àm. Shìn i a làmh a-null ... na làimh fhosgailte.

# M' ULAIDH

Carabhan bheag, robach aig ceann an rathaid. B' e sin dachaigh Chaluim. Na broinn, cha robh aige ach aon nì a bha prìseil: Ulaidh, an abhag bheag dhubh aige.

Dh'fhaighnicheadh daoine dha am b' e cuilean labrador a bh' innte. Cha b' e, ach Patterdale. A thaobh sgilean, bha aonan aice: muinntir a' phuist a ruag le a comhartaich. Uaireannan, bhiodh an donnalaich aice a' cur Chaluim thuige, ach, a dh'aindeoin sin, chanadh e gun robh Ulaidh na bu dhìlse dha na bha ball sam bith dhen chinne-daonna. A h-uile latha, ghabhadh iad cuairt 's esan ag ràdh, "M' Ulaidh, m' Ulaidh, 's tu, 's tu ... sùgh mo chridhe!"

An dèidh sin leaghadh e deigh ise fhaicinn air a bhroilleach, sa charabhan, 's i a' putadh a cinn a-steach cho dlùth ri chridhe 's a b' urrainn dhi, no a' tilgeil a cinn gu a cùl a choimhead air 's i ag iarraidh gun tachaiseadh e a broilleach. An uair sin bhiodh a sùilean cadalach ag innse cho mòr 's a bha an iomairt seo a' còrdadh rithe. Bu tric a gheall Calum, "An latha a dh'fhàsas mise beairteach, gheibh mi taigh mòr dhuinn."

Niste, bha rathad a' bhaile bhig aca a' cuartachadh a' bhàigh 's bha a' bhùthaidh suidhichte air an taobh thall bhon charabhan. Ach, air an taobh acasan dhen bhàgh, san earra-dheas, bha cruth an rathaid a' gabhail slighe cham a-mach air falbh bhon chladach, mus tionndaidheadh e air ais a-steach dlùth ris a-rithist. Mar sin, nam biodh Calum 's Ulaidh airson faighinn chun na bùthadh, na bu luaithe na dhèanadh iad air an rathad teàrraidh, bha slighe chaorach ann dhaibh. Bu toigh le Calum am 'madadh' a thoirt air a' cheum sa, oir dh'fhaodadh i rusaireachd gun chiall a dhèanamh ann.

Nuair a ruigeadh iad toiseach a' cheuma, thigeadh spionnadh na ceum-se 's chrathadh i a h-earball. Oir, an seo – a' falach air feadh an àite – bha coineanaich, geàirr, luchain, is radain! B' fheàrr leatha-se an raon-cluiche sa na fear sam bith eile san t-saoghal.

Cha robh ach aon togalach air slighe nan caorach: tobhta an Taighe Mhòir. Ri linn nam fuadaichean thog am Bàilidh, an Stiùbhartach Mòr, dha fhèin e. Ach ged a bha e farsaing, fasanta na latha, an-diugh bha e lom, fosgailte dha na siantan 's na deanntagan ga thachdadh.

Bha teine air a bhith ann. Chan eil fhios aig duine ciamar a thòisich e, tuigidh sibh. Ach b' ann air èiginn a fhuair esan às le bheatha. Rinn a' cheò uimhir de chron air a sgamhain ge-tà 's gun do bhàsaich e goirid an dèidh làimh. Mar sin cha d' fhuair e dhachaigh tuilleadh dhan taigh spaideil aige. Cha do rinneadh ionndrainn sam bith air.

Ach, b' iomadh latha tlachdmhor a bh' aig Ulaidh a' snòtarsaich san Taigh Mhòr, gu h-àraid gu làimh dheis an taobh a-staigh aige. Feumaidh gun robh na luchain lìonmhor an sin.

Thàinig latha ge-tà, faisg air an dearbh thaigh, nuair a chuireadh sgian an cridhe Chaluim. Aon mhadainn Shathairne, a' cleachdadh a sròin barrachd na a sùilean, ruith Ulaidh às dèidh choinneanach chun an rathaid mhòir, agus bhuail càr neach-turais innte. Mharbhadh sa bhad i; agus sgriosadh cridhe Chaluim. A' mhadainn oillteil ud, às dèidh dha coiseachd dhachaigh airson spaid fhaighinn, le cridhe na bu truime na innean-gobha, shìn e Ulaidh fon fhòid. Rinn e seo am meadhan tobhta an Taighe Mhòir. B' e sin a-nis an t-àite-còmhnaidh mòr a gheall e dhi. Thill e fhèin dhachaigh na aonar is shir e cofhurtachd sa bhotal.

Ach seachdain às dèidh làimh, mhiannaich e a cuideachd. Bha fios aige nach biodh duine sam bith a-muigh a' coiseachd air an fhionnaraidh. Mar sin, thug e an rathad air agus, san àite àbhaisteach, gheàrr e a-null an ceum, fo sholas soilleir na gealaich.

Ach, nuair a dhlùthaich e ri tobhta an Taighe Mhòir, chuireadh stad air. Oir, bha cruth dorcha aig doras an taighe. Nuair a dhlùthaich e buileach, rinn e a-mach cù mòr dubh na shuidhe. Ga choimhead. Stad Calum astar bhuaithe 's sheall e gu dlùth air. Bha sùilean a' choin mì-nàdarra soilleir 's iad ga dhùr-choimhead. Dh'èirich am madadh mòr is sheall e air an tobhta 's air ais thuigesan, a' crathadh earball. Chuimhnich an cleas seo Ulaidh do Chalum – mar a bhiodh i ag innse dha gum bu chòir dha a leantainn airson briosgaid a thoirt a-mach às a' chrogan dhi.

A dh'aindeoin a sgàig, lean Calum a-steach an cù, gu faiceallach. Rinn e air an oisean chun na làimhe deise is thòisich e air sporghail gu làidir san ùir. Ach stad e 's thionndaidh e a choimhead air Calum 's thòisich e air comhartaich. Chaidh Calum a-null na b' fhaisge.

Ann an ùine ghoirid dh'fhoillsich an cù rudeigin fon làr-puill – leac. Choisich Calum a-steach ri taobh a' choin 's a' dinneadh a chorragan sìos, tharraing e air an lic. Ghluais i, beagan. Ach le grèim na b' fheàrr 's oidhirp na bu làidire, thog e dìreach i 's a' tuiteam air adhart, bhuail i am balla le dunt! Nuair a sheall e, dè bha fon lic ach ciste. Tè chloiche.

Na broinn bha ciste eile, dèanta de dh'fhiodh 's de mheatailt, shaoil e.

Chrom e ga togail 's le dìosgail nan seann bhannan, dh'fhosgail e a mullach.

Tharraing e anail!

Oir, an solas na gealaich, chunnaic e càrn de bhuinn òir, no airgid! Bha a' chiste làn dhiubh! O bhun gu bàrr. Aoibhneach, thionndaidh e a chlaparan a' choin a stiùir chun na h-ulaidh e.

Ach... tha fios againn uile dè a thachair an uair sin.

# MAC-TALLA

Ged a bha i san t-seòmar-chadail nuair a sheirm a' fòn, b' e guth an ionaid-fhàilteachaidh a chleachd i, "Hello, 533," ars ise gu beothail. "Denise speaking."
 Nuair a thòisich i ag èisteachd thuit fiamh a' ghàire far a h-aodainn.
 "I'm sorry, he's not available at the moment," ars ise. "But if you give me your name and phone number, I'll make sure he returns your call." Bha crith na làimh nuair a thog i am peann a bh' air a' phreas. Sgrìobh i am fiosrachadh air pìos pàipear buidhe. "Ok," ars ise le seinn-gutha a dh'fheuch ri a faireachdainnean fhalach. "Thanks for calling."
 Chuir is air ais sìos e gu socair, mar gum biodh i 'g aisling. Rinn i osna is dh'fhan i na suidhe air an leabaidh, mar chloich. Ach chlisg i gu brisg nuair a chual i doras an t-seòmair-ionnlaid a' fosgladh. E fhèin. Nochd Jack às a' cheò le searbhadair mòr glas mu mheadhan chruinn. Bha am beagan fuilt a bh' aige air fhàgail liath, fliuch, agus bha boinnean a' tuiteam air an làr thioram aicese. A' mothachadh dhan choltas a bh' oirre, dh'fhaighnich e, "Dè th' ann?"
 "Bha mi dìreach a' smaoineachadh air. Agus dh'fhòn e ... an-dràsta."
 "Cò?"
 "Am fear air an robh thu a' bruidhinn o chionn dà sheachdain," ars ise 's i ga dhùr-choimhead. "D' fhuil is d' fheòil, nach fhaca tu riamh, 's nach aithnicheadh tu nam faiceadh."
 Ged a bha a chorp tais, b' fheudar do Jack suidhe, ri a taobh, "Dè thubhairt e?"

"Cha tuirt ach gun robh e ag iarraidh bruidhinn ri Jack Swift," fhreagair i. "Nuair a thuirt mi ris nach robh thu rid fhaotainn, dh'iarr mi ainm 's àireamh fòin air. 'S thug e dhomh 'ad."

"Dè thug ort smaoineachadh gum b' esan a bh' ann?"

"Bha e mar gum bithinn ag èisteachd ri mac-talla do ghutha fhèin, ach le blas Sasannach. An aon cheòl," ars ise 's i a' sìneadh a' bhileig pàipeir thuige. "Feumaidh tu fònadh thuige."

"Bheil thusa às do rian?" ars esan gu h-amh. "Dè bhiodh agamsa ri ràdh ris?"

"Feumaidh tu," ars a bhean. "D' fhuil is d' fheòil a th' ann."

"Ist," ghlamh e. "Dè b' urrainn dhòmhsa a ràdh ris a-niste co-dhiù?"

"Feumaidh tu bruidhinn ris," fhreagair i. "'S esan air oidhirp a dhèanamh do lorg-sa."

"Tha fios agad deamhnaidh math gu bheil cus ùine air a dhol seachad. Deicheadan! Dè 'm feum a dhèanadh bruidhinn a-niste? Agus dè a chanainn ris co-dhiù? Ist! Dìreach ist!"

Bha crith san dà bhodhaig a-nis.

Dh'èirich Denise is chaidh i a-steach dhan t-seòmar-ionnlaid. Bhiodh esan air fhàgail mar a dh'fhàgadh a' mhuir muragan air a' chladach. Thòisich i air obair rèiteachaidh a-staigh sa cheò.

Leum a smuaintean gu latha an aideachaidh. Bha an dithis aca a' tilleadh bho thìodhlaiceadh mac nàbaidh. Aig an stiùir, sgùr Jack a shlugan a-mach, is dh'aidich e ri nì air nach cual i iomradh riamh. Deicheadan ro làimh, bha leanabh eile air a bhith aige.

"Balach," ars esan. "Dà bhliadhna mus do thòisich thusa 's mise a' suirghe, choinnich mi ri mhàthair, aig dannsa, toiseach an t-samhraidh, an Talla a' Bhaile. Bha 'n deoch oirnn … Gòraich na h-òige!"

Dh'fhaighnich Debbie ceist mnatha, "An aithne dhomh i?"

"Chan aithne. À Arcaibh a bha i. Bha i air mhuinntireas," fhreagair e. "Cha robh guth oirre às dèidh oidhch' 'n dannsa – gus an do thachair mi oirre aig deireadh an t-samhraidh, sa Chaol. Thuirt i gun robh i trom; ach, nach robh i 'g iarraidh càil bhuamsa 's nach cumadh i am pàiste co-dhiù. Cha robh an còrr gnothaich againn ri chèile. Treis an dèidh sin chuala mi gun robh e aice 's gun do dh'fhàg i an taigh dhìlleachdan e."

"Bha sinn pòsta ceithir deicheadan mus do dh'aidich thu seo rium? Ceithir diubh!"

Nuair a smaoinich i air, ge-tà, 's dòcha nach b' ise idir, Debbie fhèin, ach a' chlann a b' eagal dha. Nan cluinneadh iad a-nis mu oighre eile, a bh' ann romhpasan, dh'fhaodadh gun diùltadh àsan e.

Nuair a bha iad beag bha deagh chompanaidh gluasad bathair aig Jack – 'Swift Haulage' – livery uaine 's buidhe. Thog e gu ìre e far an robh còig làraidhean aige 's sia bhanaichean mòra. Bha obair gu leòr ann agus bha dràibhearan na sgìre an eisimeil air airson chosnaidhean. Bha an teaghlach a' fuireach ann an taigh spaideil, shuas air a' chnoc, àrd os cionn a' bhaile. Agus bha a h-uile càil a mhiannaicheadh iad aca. Bha a' chlann bheaga uile ag iarraidh làraidhean a dhràibhadh dha nuair a dh'fhàsadh iad mòr.

Ach, chaidh Jack air an deoch is dhòirt e airgead na steall sìos pìoban an taighe-sheinnse. Mar a lean e air, b' ann na bu mhì-chùramaiche a dh'fhàs e. Chaidh a ghlacadh aig a' chuibhil fo bhuaidh na dibhe agus chaill e a chead-dràibhidh. Às dèidh maoidheadh air gum fàgadh i e, thug Debbie air Jack a dhol gu Creag an Dùnain, dhan ionad-tiormachaidh. Ach, nuair a fhuair e a-mach às b' ann a chaidh na seachd donais air. Chaidh e AWOL. Mun àm sa bha an t-airgead a' traoghadh. Chaill e taic a' bhanca, a' chompanaidh, an taigh, agus, nuair a chaill a dhràibhearan an cuid obraichean, chaill e spèis na coimhearsnachd. Bha am baile a-nis a' coimhead sìos orrasan – nan taigh-comhairle.

Na bu mhiosa buileach, chaill a' chlann an t-iodhal aca. Oir bha am botal sa phrìomh àite a-nis 's bha àsan air am fàgail air chùl. Beag air bheag rinn an t-urram a bh' aca dha imrich.

On a shòbarraich e, thug an càirdeas a bh' aca leis còig air fhichead bliadhna ga chur air ais ri chèile. Sin a bu choireach gum biodh an t-eagal air a-nis.

Nuair a thill Debbie dhan t-seòmar-chadail, bha Jack air falbh, an searbhadair fliuch air an làr. Chual i a' bhan aige a' fagail an taighe. Bha e a' teiche bho thrioblaidean, mar a rinn e rè nam bliadhnaichean caillte gu lèir. Ach bha i an dòchas gun tilleadh e, nuair a shocraicheadh na spealgan-rathaid a bha eachdraidh a' tilgeil na aodann.

Thill, 's cha tuirt e guth mun t-suidheachadh airson seachdain.

Ach an uair sin chual esan Debbie a' togail na fòin 's a' brùthadh phutan.

Thuirt i, "Hi, Richard? It's Debbie. Debbie Swift, Jack's wife. I hoped I'd find you at home. We need to talk."

Tharraing Jack anail.

"I was trying to figure out the best way to approach this – for us all. I know who you are and I'm actually glad you phoned the other day. But wait a minute, your father's here and he'd like you to tell him a little about yourself. I'll chat with you another time. Bye for now, Richard ... Bye."

A' cur a corraig air toll-gutha na fòin, thuirt i ri Jack, "'S fhada, 's fhada, a ghaoil, on a thug sinne – uile – mathanas dhut. Tuig sin. Ach tha an t-àm agadsa a-niste fhaighinn bhod mhac ... agus a thoirt dhut fhèin cuideachd."

Agus shìn i a' fòn a-null thuige.

# AN SEÒMAR GLAISTE

A' dùsgadh, phriob a shùilean tioram gu luath. Ach nuair a thuig an giullan gun robh e fhathast na shìneadh air leabaidh chruaidh – san t-seòmar ud – thuit greann air. Shìn e air ais, fuar is feargach.

Thar mhìosan mus do dhùisg e san t-seòmar bheag seo, bha e air fàs seachd searbh sgìth, dhen a h-uile càil. B' e sin a dh'fhàg san t-seòmar chumhang, lom seo e, le ballachan cloiche fuara, is leacan cloiche fuara air an làr. Airson ithe, cha robh aige ach poca min-choirce, goc uisge fuar agus stòbha beag le aon teasadair air. Brochan lom a h-uile latha. A h-uile lath' a bh' ann.

A' chiad uair no dhà a bha e air dùsgadh ann bha e air a chasan a bhreabail air an leabaidh mar pheasan nach d' fhuair a dhòigh fhèin. Nuair a thigeadh e thuige sa mhadainn 's aghaidh air a thionndadh a-mach chun na h-uinneig, chuireadh e car luath dheth, gus am biodh aghaidh ri dorchadas a' bhalla. Oir, bha seachd croinn chaola, dhubha, iarainn air an tàthadh ri taobh a-muigh balla-cloiche an t-seòmair. Mar sin cha b' urrainn dhan uinneig, le a bannan air a' mhullach, ach fosgladh beagan. Gheibheadh e a chorragan a-mach. B' e sin uireas. Agus, a h-uile latha a dhèireadh e dh'fheuchadh e air doras mòr an t-seòmair a reubadh fosgailte le uile neart – le aon chois ris a' bhalla. Ach bha e glaiste gu teann. Teann, teann.

O chionn seachdain ge-tà bha na faireachdainnean feargach air socrachadh beagan 's cha chualas uimhir de dh'osnaich ag èirigh às. O chionn làithean, bha e air fuaim gnogadh beag a chluinntinn air an uinneig. Le tuisle 's le osna, choisich e thuice, taobh an t-solais. Sheall e a-mach oirre le shùilean air an spleuchdadh. Dè chunnaic e an sin, air an lic, ach gobhlan-gaoithe – a rinn às sa bhad a nochd e. Air tòir bhiastagan blasta, rinn an t-eun beag ealamh seo dannsa àlainn san adhar, am beachd a' ghille. Sheas e an làrach nam bonn gun chomas air càil a dhèanamh ach a bhith stòlta, ga choimhead ri ruidhlean is lùth-chleasachd 's a bheul fhèin fosgailte. Nuair a chaidh a shàsachadh leis an t-sealladh, dh'fheuch am fear òg an doras le aon làimh 's a dhà chas air an talamh. Ach, bha e glaiste. Teann.

An ath mhadainn chaidh a dhùsgadh a-rithist san aon dòigh: bragannan beaga gobachaidh air an uinneig. Nuair a rinn e a shlighe a-null, beagan na bu luaithe an turas sa, thachair an aon rud a-rithist. Theich an gòbhlan-gaoithe. Ach an trup sa bha buaidh cho draoidheil aig dannsa-adhair a' ghobhlain air is gun do mhiannaich an deugaire conaltradh a dhèanamh ris. Mar sin, a' fosgladh na h-uinneige am beagan a cheadaicheadh na croinn chaola iarainn 's a' cur a bhilean dlùth ri chèile – leis an tè àrd air a togail beagan 's le beàrn bìodach sa mheadhan – tharraing e anail a-steach eadar fhiaclan agus rinn sin fuaim geur, bìogach. Air sgèith, sheall sùilean geura an eòin air an òganach, 's shiulp e a-nall chun na h-uinneige far an do chuir e a chasan sìos air oir a-muigh an t-sòla, às ùr. Le gach fuaim bìogail a rinn an creutair mòr annasach seo, a bha glaiste san t-seòmar, bha an t-eun a' cur charan na cheann.

Thachair an dearbh rud a-rithist, an treas madainn: gobachadh air an uinneig. Nuair a leum an t-òigear a-null thuice, mhothaich e gun robh an t-eun ann 's e air rudeigin a thoirt leis: seachd dearcan dearga, nan sìneadh air sòla na h-uinneige. 'S le aon sùil suas air an laoch òg, rinn e às. An trup sa ge-tà, dh'fhan an laoch òg balbh. Le shùilean làn urraim, sheas e a' coimhead an eòin a' dol a-null 's a-nall mar bhruis neach-ealain a' slìobadh peant na h-eireachdais air an àile. Shaoil e gun robh àille thar labhairt sa chreutair sa agus, air a sgàth, san t-saoghal mun cuairt air a-nis cuideachd.

Nuair a leag e a shùil, sheall e air na dearcan reamhar, cruinn air an t-sòla. Shruth seile ma fhiaclan. Dh'fhosgail e an uinneag a-mach na ceudameatairean ceadaichte. Shìn e a làmh a-mach oirre, thog e fear dhiubh gu h-acrach, is dh'ith e e. Sa bhad dhòirt mòr-thuil sùigh air feadh a bheòil mar dhìle san fhàsach: blasta, càilear, milis. O, bha e na b' fheàrr na dad eile a dh'ith e riamh roimhe. Na bheatha uile! Dh'ith e na seachd dearcan dearga uile agus thill e dhan leabaidh – sàsaichte, taingeil. Cha do dh'fheuch e an doras idir.

An oidhche sin, chaidh a' ghrian fodha mar a b' àbhaist ach, gu neo-àbhaisteach, chaidil am fiùran le aghaidh air a thionndadh a-mach, a dh'fheitheamh air èirigh na grèine.

Nuair a dhùisg e, goirid ro ghlasadh an latha, mhothaich e gun robh gath solais a' deàlradh a-steach tro ghlas an dorais. Dh'èirich e 's choisich e thuige le leum na cheum. Gu h-iongantach, nuair a chuir e a dhòrn air làmh an dorais dh'fhosgail e a cheart cho furasta 's a thigeadh cluiche gu pàiste. Shruth solas soilleir a-steach dhan t-seòmar 's bha an duin' òg fhèin a-nis cho saor ri eun air sgèith.

# AN TRANNSA FHADA

Tha m' anail nam uchd! Tha mi fadalach 's a' ruith aig peilear mo bheatha suas sràid as aithne dhomh. Ach, chan eil i buileach mar as cuimhne leam i. Aithnichte, ach neo-aithnichte.

"Seòmar na deuchainne!" tha mi 'g èigheach. "Cà bheil seòmar na deuchainne!"

"Shìos an siud!" tha fear cuideachail nach aithne dhomh ag ràdh.

Nam fhallas, tha mi a' ruith dhan àite a chomharraich e, a-steach dhan ionad-foghlaim, an dòchas an aghaidh dùile, gum faigh mi dhan t-seòmar – mus bi mi ro fhadalach. Tha an trannsa fada 's tha an ùine a' ruith nas luaithe na tha mise. Ach 's dòcha gu bheil diog no dhà agam fhathast – mus caill mi 'n cothrom air mo dheuchainn a shuidhe.

A' feuchainn cnag a' chiad dorais: glaiste!

Tha 's an dàrna fear agus tòrr eile dhiubh. Gonadh orra!

Ach nuair a dh'fhosglas mi feadhainn dhe na dorsan 's a choimheadas mi a-steach, chan eil fiù 's sèithrichean no deasgaichean ann, fad a-mhàin oileanaich no pàipearan.

Uair an dèidh uair, an dèidh uair, an dèidh uair – an aon rud! "Gonadh 's sgrios air a h-uile càil riamh!" tha mi ag èigheach. "Càite fo ghrian nan speuran a bheil mo sheòmar? A bheil duine idir a' tuigsinn cho cudromach 's a tha seo?"

Tha fios a'm gun bheil an seòmar ann ... am badeigin, ach, ged a bhragainn cha tèid agam air a lorg. Dè idir a tha ceàrr? Nach eil tuigse idir aig daoine gum FEUM mi a lorg? Tha 'n còrr dhem bheath a' crochadh air. Feumaidh mi faighinn gum dheuchainnean deireannach!

Tha mi a' cumail orm a' ruith 's a' ruith 's a' ruith; 's a' feuchainn 's a' feuchainn 's a' feuchainn. Ach, chan eil càil a' dol leam. 'S tha an t-eagal a' fàs nas eagalaiche. Tha an tàmailt gam thacadh 's faisg air mo chur às mo chiall. Feumaidh mi ceum math a chosnadh.

Mar sin, tha mi a' leantainn orm a' ruith, le cràdh a-nis nam chridhe.

Doras eile – gun fheum!

Fear eile – glaiste!

Fear eile – falamh!

Gonadh! Gonadh! Gonadh! Gonadh! Gonaaaaaadh 's mallachd orra uile!

Bàsaichidh mi mura faigh mi dhan t-seòmar-deuchainne!

Tha mi a' faicinn an dà dhoras mu dheireadh san trannsa 's a' ruith chun a' chiad fhir.

Dùinte, glaiste, teann a-rithist!

Tha aonan air fhàgail. Seo am fear! Oir, chan eil an còrr ann. Seo e.

Son dèanamh cinnteach gum faighinn a-steach ann, chuir mi mo ghualainn ris. Agus le trost bhrùideil tha e a' fosgladh!

Ach, tha an seòmar mu dheireadh ... falamh cuideachd!

Aaaaaaaaaah!

A' dùsgadh san dorchadas, tha m' fhèithean rag 's mo chridhe a' plosgartaich. Cha robh ann ach mo chogais a-rithist – gam dhìteadh air sgàth leisge is gòraiche m' òige.

# GRÀISG IS GLEADHRAICH

Feasgar Disathairne a' sgrìobhadh air cuspair sìmplidh: 'Riatanas a' Mhathanais.' Gnogadaidh-gnog, gnogadaidh-gnog, gnogadaidh-gnog. An dèidh treis, dh'fhàs mi mothachail do dh'fhuaim. Ach cha robh e soilleir 's lean mi orm. Gnogadaidh-gnog, gnogadaidh-gnog. Às dèidh beagan a bharrachd ùine ge-tà, chluinninn guthan, ag èigheach. Gnogadaidh-gnog ...

An uair sin – sgiamh a sgàineadh creag!

Sheòl i mar pheilear a-steach tron uinneig fhosgailte air bhàrr na staidhre 's dh'fhàg i làrach nam eanchainn. Leum mi bhom dheasg ùr gu còmhnard na staidhre, is stob mi mo cheann a-mach oirre. Gleadhraich aig ceann an rathaid. A' seallltainn sìos gum làimh dheis, chunna mi gràisg air cruinneachadh. Bha iad a' gluasad an casan a-mach 's a-steach mar sheann einnsean trèana. Beagan mheatairean air falbh bha feadhainn eile gan coimhead bho na cabhsairean 's bho fhàl an rathaid.

Nuair sin – sgiamh èiginneach eile!

Ruith mi sìos an staidhre 's mus robh fios agam air, mar a' ghaoth, a-mach air a' gheata gu ceann an rathaid.

Nuair a ràinig mi 'm buidheann de mu chòig-deug fhireannach òg, chunna mi e. Fear, mu naoi bliadhna deug, na shìneadh – salach – air an talamh 's iad ga phlodraigheadh. Bha aodann cho fuilteach 's a dh'fhàgadh cù-sabaide cù-glùine.

Dhinn mi mi fhèin a-steach eadar dithis dhen ghràisg 's sheas mi casa-gobhlach os cionn an fhir òig, lem dhà ghàirdean air an sìneadh a-mach gach taobh, gam putadh air falbh 's a' feuchainn rin cumail bho cheann is aodann:

"Leigibh leis! Leigibh leis! Dè tha ceàrr oirbh?"

Ach chùm iad orra.

"Leigibh leis! Mus marbh sibh e!" dh'èigh mi lem chas chlì fhathast a' dìon aodann.

"Cò an diabhal thusa!" arsa fear.

"Leigibh leis! An ainm tròcair. Leigibh leis!"

Leig an labhraiche sgalart às, "Cò an diabhal thusa, thuirt mi!"

"'S mise am Ministear ùr. 'S ... An ainm tròcair ... Leigibh leis!"

Chrom cuid de na cinn, stad cuid de na casan, 's gu h-iongantach, choisich cuid dhiubh air falbh. Ach, lean ceathrar orra: a' stampadh 's a' breabadh mar a gheibheadh iad cothrom.

A' tionndadh air ais thugamsa dh'èigh fear a' bheòil, "Bheil fios agadsa dè rinn an trais sa?"

"Chan eil. Ach ge b' e dè a bh' ann cha robh e airidh air a seo!"

"Ò nach robh? Thug mac an diabhail drogaichean dham bhràthair bheag – a th' air prìomh a-seachd – aig geata na bun-sgoile! Sin dè rinn e! Chan ann air tròcair a tha esan airidh ach air bàs!"

Stamp! Air a ghrad leantainn le gearain analach, dhomhainn.

Chrom mi mo cheann is sheall mi air a' chnap pholldach seo. Ach nuair a thog mi mo shùilean, chunnaic mi fear le deise 's lèine dhubh le coilear beag geal a' leum à càr air an cùlaibh 's a ruith a-nall thugainn.

"Chaidh fònadh thugam," dh'èigh e le anail na uchd 's e a' coimhead air a' cheathrar.

"An e sibhse sagart na paraiste? dh'fhaighnich mi.

"'S mi," ars esan, gam dhùr choimhead. "Cò thusa?"

"'S mise Ali ... Am Ministear ùr. Seo mo chiad sheachdain."

"'S mise Brianan, Brianan O' Briain," ars esan, a' sìneadh a-mach a làimh thugam.

Fhad 's a bhreith mi air làimh air bha àsan a' slìogadh às suas chun an taighe-sheinnse.

"Dè idir a thachair?" dh'fhaighnich e.

"Chuala mi sgiamh 's dh'fheuch mi rin stad…"
"'S math a rinn thu. Ach tha e ann an droch staid. 'S aithne dhomh a theaghlach."

Nochd na poileis. Thuirt Brianan riutha nach robh esan air cus a bharrachd fhaicinn air na chunnaic iad fhèin. Mus do dh'fhalbh e thuirt e rium tighinn gu Taigh na Caibeil son dìnnear feasgar Diluain 's gun cuireadh e fàilte cheart orm an uair sin.

Dh'innis mise dha na poileis na chunna mi. Ach shaoil mi neònach e nach do dh'fhaighnich iad idir dhomh mu choltas an luchd-ionnsaigh. Co-dhiù, nochd an carbad-eiridinn 's às dèidh còmhradh eatarrasan 's na poileis, thugadh esan air falbh air sìneadair.

Choisich mi dhachaigh le cridhe trom. Bha an gnogadaidh-gnog aotrom air teiche. Ach, bha ath-sgrìobhadh agam ri dhèanamh.

## DÈ A CHANAINN?

Ohò, seo esan a' tighinn. Seallaidh mi 'n taobh eile, mus mothaich e dhomh 's gum feum mi bruidhinn ris. Chan eil càil a dh'fhios agam dè a chanainn ris co-dhiù ...

Ruith m' inntinn air ais corra sheachdain gu ìomhaigh nach urrainn dhomh a sguabadh às mo cheann: an cladh, latha fuar foghair ... no toiseach a' gheamhraidh.

Chan eil an t-àit'-adhlacaidh fhèin ach beagan bhliadhnaichean a dh'aois 's mar sin chan eil balla cloiche timcheall air – dìreach feansa. 'S cha chùm na mogail a' ghaoth a-mach air chor sam bith.

Mar sin, ged a tha deàrrsadh sa ghrèin, tha am fuachd nas treasa na ise. Oir tha sèideadh nimheil na gaoithe a-tuath a' siabadh a-steach far na mara 's a' bearradh feur lom na machrach. Chun an taoibh an ear, tha dusan thaighean a' coimhead sìos oirnn 's grèim bàis ac' air sliasaid Bheinn Caoidh. Air gach taobh dhìse, bho thuath gu deas, tha na beanntan uile gar coimhead, gu sòlaimte.

Aig geata a' chladha, tha sluagh air a bhith a' taomadh às na càraichean airson uair a thìde. Tha iad nan seasamh 's iad a' beannachadh an latha, gu diùid, dha chèile – le measgachadh de chòmhraidhean socair is anailean gan tarraing a-steach gu grad. Tha na còtaichean dùinte, na h-adan teann 's na làmhan falaichte sna pòcaidean. Tha cuid a' cleith an cinn eadar an guailnean. 'S cha eil fhios a'm an e fuachd na gaoithe a-mhàin as coireach.

An uair sin tha an càr dubh a' nochdadh. Tha Seoc na shuidhe san toiseach ri taobh an neach-adhlacaidh 's tha càraichean an teaghlaich gan leantainn, le Raonaid, a bhean, sa chiad fhear dhiubh 's i cho geal ris an anart. Tha Niall, a bràthair, a' dràibheadh 's tha na h-ighnean aca sa chùl. San ath chàr, tha a bhràthair eile, Murchadh, 's a bhean-san, leis na deugairean acasan an cùl a' chàir sin. Tha an carbad-adhlacaidh a' stad agus, astar iomchaidh air a chùlaibh, tha càraichean an teaghlaich cuideachd a' stad. Tha na h-adhlacairean a' tighinn a-mach is tha an dara fear, a bha san t-suidheachan chùil, a' fosgladh doras Sheoc. Tha esan ag èirigh às a' chàr, mar thaibhs. A' coiseachd chun a' chùil, chan eil e a' sealltainn air anam beò. Tha Donnie, am prìomh neach-adhlacaidh, a' fosgladh an dorais fhada, dhuibh, chùil dha. Tha Seoc a' stad.

An sin tha ciste bheag, gheal. Chan fhaide i na ceithir làithean deug.

Tha sinne a' leagail ar sùilean 's a' cromadh ar cinn.

Tha Donnie a' togail na ciste suas gu cridhe Sheoc is esan a' gabhail grèim gràdhach oirre le dhà làimh. A' faighinn a' chomharraidh, tha e a' coiseachd, gu stuama, a-steach dhan chrò. Tha a h-uile sùil a' sealltainn air. Ach chan eil esan a' faicinn duine beò. Tha Raonaid ga leantainn, le taic an teaghlaich, mar nach robh innte ach còmhdach craicinn 's a broinn air a reubadh aiste. Cha b' e am pàiste seo a' chiad leanabh a chaill iad idir: ach, chailleadh an còrr sa bhrù. Tha Seoc a' coiseachd tron trom-laighe le grèim-bàis aige air a' chiste bhig, ghil.

Tha sinne uile nar seasamh – rag, fuar – aig beul na h-uaighe. Chan eil gin againn a' cluinntinn facal dhe na th' air a ràdh: cus còmhraidh nar cinn.

Ach an ìomhaigh? Chan fhàg sin ar cuimhne gu sìorraidh.

Oir, cha bu chòir ciste cho beag 's cho geal siud a dhol a dh'ùir na machrach. Idir. Cha mhotha a bu chòir gun deigheadh gainmheach a shadadh le spaidean a-steach air a muin. Am bu mhise a-mhàin a theab èigheachd: 'Feuch nach mùch sibh am bèibidh!'?

Chan fhaigh mi an ìomhaigh ud a-mach às mo cheann gu bràth.

A' dùsgadh às mo smuain, chunnaic mi Seoc: na sheasamh mum choinneamh, gam choimhead. Dè a chanainn?

"Sin thu, a nàbaidh," arsa mise gu socair, slaodach 's mi a' breith air làimh air, "Ciamar, a tha … Raonaid?"

"Tha, gu h-iongantach 's i a' faighinn taic bhon a h-uile taobh," fhreagair e. 'S a' dùr-amharc nam shùil 's le grèim-bàis aige air mo làimh, thuirt e, "'S gun anam beò a' faighneachd dhòmhsa ciamar a tha mise."

# FÌRINN?

Nuair a sheirm an glag, leum Ted a-null chun an dorais gu h-aithghearrach. Ga fhosgladh dh'èigh e, "Sin thu fhèin, Sam-a-lam-dam! Thig a-steach 'ille. Dè do thrum?"

"Trum mhath!" fhreagair esan 's e a' dèanamh dhan t-seòmar-suidhe a' tulgadh bho thaobh gu taobh 's a làmhan air an sìneadh a-mach mar sheinneadair bragail à Manchester.

"Stob do mhàs sìos air an t-sèidhse an sin," arsa fear an taighe 's e a' dol dhan chidsin. "Leann no làgar?"

"Làg-aaaaarr!" dh'èigh Samaidh. "Làgar an-còmhnaidh, son nan geamannan!"

Dh'fhosgail Ted a' frids is thug e dà chana fionnar às. Thill e dhan t-seòmar-suidhe, shìn e fear a-null gu a nàbaidh is shuidh esan cuideachd air an t-sèidhse mu choinneamh an iodhail: Sky Sports.

Psssst!

Psssst!

"Air do shlàinte," arsa Ted a' gabhail a' chiad ghlug. "'S am buannaich sinn a-nochd?"

"Slàinte! Buannaichidh! Tha sinn nas fheàrr am-bliadhna," fhreagair Samaidh 's a' chiad bhiast de steall a' dòrtadh sìos a shlugan. "Seo an seusan againne!" Thog e a chana suas chun teilidh ann am modh deoch-slàinte, is shluig e làn-beòileadh mòr eile.

Brùchd!

"Beò an dòchas, 'ille!" arsa Ted le slugadh fuaimneach às a' chana. "Beò an dòchas!"

Bha beachdan nan eòlaichean ball-coise TBh gam frasadh mun cuairt mar phasaichean FC Barcelona. Ach, le sùil air an sgàilean, ghabh còmhradh nan laoch tac eile.

"'S agad air a seo?" arsa Ted. "Chan eil mise a' creidsinn facal a chluinneas mi air na naidheachdan nàiseanta tuilleadh."

"Uh?"

"Chan eil. Tha 'd uile ann am pòcaidean muinntir an airgid. Gràisg chealgairean!"

"Aidh?"

"Th' e soilleir. San taghadh mu dheireadh cha do dh'innis iad an fhìrinn dhuinn, ach ann am pàirt. Chleith iad fiosrachadh bhuainn cuideachd, fiosrachadh a bhiodh air dealbh cothromach a thoirt dhuinn. Slìomhairean a th' annta!"

"Seadh?"

"Cuimhnich air Nige Robertson? Ron taghadh, thuirt e nach robh ceannard a' phàrtaidh againne air freagairt a thoirt dha airson ceist mu bhancaichean a chall – nan roghnaicheamaid fàgail. Ach, air YouTube, chunna mise 'n còrr dhe na thuirt Winnie Hardie san agallamh 's bha i air a fhreagairt. Gheàrr Nige sin às ge-tà. Snèag breugach!"

"Mealltaire!" arsa Samaidh a' crathadh a chinn 's a' slugadh barrachd làgair.

Ghnog Ted a cheann. "Ach tha tuilleadh agam dhut!" Bha e na ghige a-nis, "Leugh mi an uair sin gun robh Nige – an neach-naidheachd 'cothromach, neo-eisimeileach' – na bhall dhen phàrtaidh Ghòbhaidheach; gun do stèidhich e buidheann-òigridh dhaibh; agus, gun do dh'fheuch e fhèin air seasamh air an son aon uair – ann an taghadh nàiseanta. Smaoinich!"

"Haoigh! Chan eil sin cothromach! 'S cinnteach nach bu chòir sin a bhith ceadaichte?"

"Cha bu chòir, a Shamaidh. Ach tad ort: chaidh 51% dher luchd-naidheachd oideachadh ann an sgoiltean prìobhaideach – an coimeas ris an 7% dhiubh a bhuineas dhan t-sluagh san fharsaingeachd. Smaoinich! Tha iad nan 51% de luchd-naidheachd, ged nach eil ach

7% dhiubh san dùthaich? Mì-nàdarra!"

"Tha, Ted. Tha na h-uaislean fhathast a' coimhead às dèidh nam feadhna aca fhèin!"

"An fhìrinn a th' agad, a Shamaidh. Eil fhios agad cuideachd gu bheil faisg air ceud per cent dhe na meadhanan-naidheachd againne aig sia companaidhean mòra a-mhàin? Dìreach sia dhiubh!"

"Aidh?"

"Tha, a bhalaich. 'S tha iadsan an uilnean luchd-poileataigs 's luchd-poileataigs a cheart co domhainn nan uilnean-san cuideachd. Chan eil iad ann ach air an son fhèin. Gu h-àraidh àsan a tha chun na làimhe deise!"

"'Bidh druidean ag itealaich san aon sgaoth,' Ted. Eh?"

"Sin e! Ach tha cuid ga aithneachadh a-nis. Leugh mise gun do thuit earbsa dhaoine ann am prògraman-naidheachd ar craoladair nàiseanta gu mòr o chionn ghoirid."

"Èist riutsa 's tu air a dhol nad sgoilear – a' leughadh obair-rannsachaidh," arsa Samaidh le gàire. "Ach carson a tha seo a' tighinn am bàrr an-dràsta?"

"An t-eadar-lìon. Tha cothrom againn air fiosrachadh fhaighinn a-nis nach robh againn roimhe. Tha sinn uile air cluinntinn mu bhreugan Hillsborough, drabastachd Saville, pàigheadh neo-ionnan nam ban, luchd-naidheachd a' clàradh chòmhraidhean-fòin phrìobhaideach, an dì-meas a chaidh a dhèanamh air truaghain Grenfell. Dh'fhaodainn cumail orm..."

"Dh'fhaodadh 'ille. Th' e nàrach." Is dhòirt e dà làn-beòileadh mòr eile sìos a sgòrnan.

"Sin agad e!" arsa Ted gu cinnteach.

Brùchd!

"Ach tad ort!" arsa Samaidh 's drèin air. "An urrainn dhutsa an rannsachadh sin a chreidsinn?"

"De?"

"Ma tha na meadhanan an-diugh cho breugach sin, ciamar as urrainn dhutsa rud sam bith a leughas tu a chreidsinn?"

"B' e YouGov a chuir an rannsachadh air bhonn. Tha a h-uile

duine gan creidsinn-san."

"Bheil thu fhèin eòlach air gin dhen fheadhainn a tha 'g obair dhaibh?"

"Uel, chan eil."

"Ciamar, ma-thà, as urrainn dhut a bhith cinnteach gu bheil àsan ag innse na fìrinn?"

"Deagh cheist, a bhalaich! 'S dòcha nach eil thusa cho gòrach 's a tha thu a' coimhead!" arsa Ted le gàire 's e ag èirigh chun na frids. "Dè do bheachd-sa? Cò san cuir thu fhèin earbsa?"

"Daoine as aithne dhomh, a tha airidh air earbsa. Airson a' chòrr, bidh beagan dòchais agam gum bi àsan onorach, ach cha bhi dùil agam ris. Ach tha mi a' sùileachadh gum bi mi fhèin onorach ge-tà. 'S agad, 'Na toir fianais bhrèige,' mar a chanadh mo mhàthair."

"Sam-a-lam-dam, eil thusa 'g ràdh riumsa nach innis thu fhèin breug uair sam bith?"

"Chan innis. Ach ... 's dòcha, tè bheag, ann an aon suidheachadh."

"Cò 'm fear?"

"Nam faighnicheadh i fhèin, 'A bheil mo thòin a' coimhead mòr san dreasa seo?'"

Ann an solas na frids, chaidh Ted na ghadan 's thuirt e, "San latha a th' ann, 'ille, 's math gàire a dhèanamh. Ach, tha 'n geam a' tòiseachadh. An gabh thu cana eile?"

"Ann an latha 'naidheachdan brèige', chan eil an còrr ann air a shon, Ted!"

Psssst!

Psssst!

# RATHAD A-STEACH?

Latha ciùin air taobh siar Leòdhais 's bha sinn air Ceit a thìodhlaiceadh – ri taobh a sinnsearan, sa chladh a b' àille san t-saoghal, shìos ri taobh na mara. Ach, às a h-aonais, bha an t-àite fàsail do Chalum 's e ag ionndrainn na tè a bha pòst' aige faisg air dà fhichead bliadhna.

A-nis ann an taigh-òsta a bha ùr dhòmhsa, am measg dhaoine air nach robh mi eòlach, bha mi a' faireachdainn beagan an-fhoiseil. Bha fios agam gum bruidhninn cus. Cha b' ann a chionn gun robh mi dhen bheachd gun robh tòrr gliocais agam ri sgaoileadh. Cha b' ann. Cha robh nam chàrn bhriathran ach aghaidh-choimheach airson mo mhì-shaorsainneachd fhalach. Bhithinn an-còmhnaidh nearbhach am measg choigreach.

Ach shìn càirdeas eadar Calum 's mise air ais barrachd air fichead bliadhna, gu làithean oilthighe: mise òg a' leughadh Ceiltis 's esan na mheadhan aois a' foghlam àrc-eòlas. 'S nan cumainn m' aire airsan, chan èireadh na suailichean ro àrd. Chan fhanainn fada ge-tà. Dhèanainn na dh'fheumainn 's an uair sin theichinn.

Às dèidh, "Anyone sitting here," fhaighneachd, 's dhòmhsa cantainn, "No, feel free," shuidh duine 's boireannach aig an aon bhòrd rium. Dithis mu sheasgad: ise brèagha, esan stampail.

"Hello, I'm James and this is my wife, Janet," ars esan a' sìneadh a làimhe thugam.

"Hi, I'm Duncan. Nice to meet you." Bhreith mi air làimh orra. Suailichean beaga.

"Your accent tells me that you're from Harris," ars esan. "A bheil Gàidhlig agad?"

"Tha. 'S i as fheàrr a th' agam! Cò às a tha sib' fhèin?"

"Uel, 's ann às an Eilean a tha mise, agus 's ann à Càrlabhagh a tha Janet. Dhragh ise a-nall a Leòdhas mi, o chionn bhliadhnaichean," ars esan 's e a' coimhead oirre le gàire.

"Cha bhiodh e furasta do Sgitheanach tighinn a dh'fhuireach a Leòdhas is uimhir de dh'eachdraidh eadar an dà eilean," arsa mise. "An Niccie is Àrd-sgoil Phort Rìgh?"

"Aidh. Ach tha mi nam honorary Leòdhasach a-nis," ars esan a' gabhail sùil eile oirre.

Rinn ise gàire 's thuirt i, "Ist, coigreach a th' annads' fhathast 'ille. 'S mura b' e gu bheil mis' agad, bheireadh e trì ginealaich mus gabhadh a' choimhearsnachd rid fhuil-sa!"

"Freagairtean an-còmhnaidh," arsa Seumas. "Ach cò às a tha thu sna Hearadh?"

"Taobh nam Bàgh."

"Seadh. Cò phàirt?"

"Baile beag anns nach robh ann ach ceithir taighean nuair a bha mise òg ... Agus bu mhise an aon leanabh a bha a' fuireach ann."

"Robh sin caran aonranach?"

"Och, bha caraidean gu leòr agam: nam mhac-mheanmhainn!" arsa mise le gnòst iomagaineach. Suailichean beaga eile.

"'S dè an t-ainm a th' air a' bhaile?"

"Chan aithne do dhuine sam bith e, ach muinntir an àite fhèin. Tha e eadar Stocabhagh 's Sgrotabhagh.

"Seadh...?" arsa esan. Is dh'fheith e.

"Beàrnasbhagh. 'S e Beàrnasbhagh a th' air."

"Ò," arsa mo chuf gu sunndach, "tha mise fìor eòlach air Beàrnasbhagh!"

"A bheil?" arsa mise, fo iongnadh. "Ciamar?"

"'S mise a chuir an rathad mòr a-steach ann!"

"Thalla!"

"Aidh. Cha robh mi ach nam innleadair òg aig an àm."

"Cò a chreideadh e? Bha mise mu chòig-deug! Bha sinn air gluasad mun àm sin. Ach bha mo sheanair fhathast san t-seann taigh 's bhithinn a' dol a chèilidh air, gach deireadh sheachdain riamh. Tha cuimhn' a'm fhathast air pìosan uèir blastaidh a lorg ann agus air boladh an dynamite. Dh'aithnichinn an t-àileadh grànda sin an àite sam bith!"

"Uel, b' e sinne a chuir an rathad a-steach ann."

Suailichean eile.

"Ciamar a tha cùisean ann am Beàrnasbhagh an-diugh?"

"Och, thàinig dà latha air. Chan eil ann a-nis ach aon taigh a's a bheil duine a' fuireach. Càraid à Devon. Daoine modhail. Ach cha bhi iad a' fuireach ann ach mu shia seachdainean sa bhliadhna. Mar sin chan eil anam beò ann am Beàrnasbhagh an-diugh a bhruidhneas Gàidhlig. Nuair a bha mise òg, b' i a bh' aig a h-uile duine."

"'S bochd, a dh'aindeoin ar dìchill, gun do dh'fhàg na Gàidheil am baile."

"'S bochd gu dearbha. Agus cha b' e na daoine uile 's a dh'fhalbh."

"Seadh?" dh'fhaighnich Janet.

"Ainmean-àite. Chan aithne do dhuine sam bith an-diugh ainmean a' bhaile: An Gearradh Buidhe, Catha an Tairbh, Cnoc a' Bhaile, an Lèana Bhàn, An Cleite Mòr, Rubha na Cròdha, Abhainn 'an Bhàin, Loch na Cachala. Chan aithne dhaibh fiù 's gun robh iad ann!"

"Habair call!" ars ise gu dùrachdach.

"Aidh. Dh'fhalbh an còrr cuideachd: an dà-shealladh, manaidhean 's na sìthichean."

Sheall an t-innleadair orm a-nis le gàire air aodann.

Ach lean mi orm. "Dh'fhalbh, on a bhrist an rathad mòr a-steach..."

"Ach," ars an t-innleadair, "mar a thuirt am Puilean, cha b' e rathaidean a chuir ruaig air na Daoine Beaga, ach an dealan. 'S tha mise a' dol leis."

"Carson?" dh'fhaighnich mi.

"Bha frith-rathad ann mus deachaidh sinne ann, 's cha do chuir sin ruaig orra, an do chuir?"

"Cha do chuir. Ach, rinneadh sin de stuthan nàdarra: creagan, greabhal 's poll. Cha do chleachd ar sinnsearan creagan air an spreadhadh le dynamite no teàrr leaghte le samh aiste."

"Tha thu ceart," ars am boireannach. "Bha a h-uile càil a rinn ar sinnsearan nàdarra."

"Ach," ars an duine aice, "sgàin iad creagan – le ùird mhòra 's le geamhlagan – airson fasgadh a thoirt dha na taighean aca, nach do sgàin? 'S cha chuala duine riamh gun do chuir rudan mar àileadh grod lobhadh na feamad ruaig air na Daoine Beaga, an cuala?"

"Aidh. Ach, mura biodh an rathad mòr air tighinn, cha bhiodh balaich a' Hydro air an dealan a chur ann. Mar sin, b' e an rathad a thug a-steach an dealan – 's a chuir ruaig orra."

"Tad ort ge-tà," ars an t-innleadair. "Feumaidh tu d' argamaid fhèin a thoirt air ais nas fhaide na sin. Mura biodh na daoine agadsa air an rathad mòr iarraidh sa chiad àite – airson a bhith cho 'adhartach' ris a' chòrr dhen eilean le solais-dealain, teilibhisean is eile aca – cha bhiodh a' Chomhairle air sinne fhastadh son a thogail, 's cha bhiodh a' Hydro, an uair sin, air an dealan a chur a-steach ann. Agus feumar aon rud cudromach a thuigsinn: cha tàinig fasain ùra riamh a-steach gun sheann fhasain a chall – riamh ... tro eachdraidh an t-saoghail," ars esan. "Mar sin, cò dha-rìreabh a bu choireach gun do dh'fhàg na Daoine Beaga Beàrnasbhagh?"

A-niste dh'fhàs na suailichean mòr.

# GUDULA

Thachair an dràma nuair a bha Dondò a' gabhail fois aig taigh a mhàthar.

Mu cheithir seachdainean roimhe sin, bha e air siulpadh dhan Eilean Sgitheanach aig deireadh na seachdain. Aig an dearbh àm bha ise, Gudula, a' seinn na fidhle aig cùrsa-ciùil samhraidh. Chaidh Dondò gu cuirm a' chùrsa san Talla Mhòr, choinnich e rithese, 's aig deireadh na h-oidhche bhruidhinn iad. An ath latha thill esan dhachaigh is lean ise oirre air a cuairt tron Ghàidhealtachd.

Niste, air sgàth gun robh Dondò air uimhir de mholadh a dhèanamh air na 'daoine ciùin, ciallach' dham buineadh e, agus, air 'seallaidhean sònraichte' a dhachaigh, dh'fhòn Gudula thuige 's i ag iarraidh na daoine sèimh 's an t-àite àlainn faicinn dhi fhèin! Dh'iarr i tighinn a dh'fhuireach còmhla ris airson latha no dhà son sin a dhèanamh.

Ach nuair a chual' a mhàthair gun robh i ag iarraidh tighinn, bha ise air leth toilichte air adhbhar eile. Oir, bha i fhèin an dòchas gun tigeadh tè - uaireigin - 's gun toireadh i Dondò far a làmhan. 'S dòcha gum b' i seo an dearbh bhràmair! Tè o thìr chèin, aig a mac-se? Hà-lò! Mar sin, chuir i fàilte mhòr ro Ghudula.

"Tha aileag orm, a ghaoil," ars ise, "gus am faic mi 'n cliog a tha thu toirt dhachaigh!"

"A Mham, chan e cliog dhomh a th' innte 's chan ann 'ga toirt dhachaigh' a tha mi," fhreagair Dondò. "B' ise a dh' iarr tighinn - a dh'fhaicinn àiteachan eachdraidheil an eilein!"

"Ò, tha mi cinnteach, a ghaoil," ars ise a' priobadh air, "gur ann a dh'fhaicinn seann togalaichean a tha i a' tighinn!"

Co-dhiù, nochd Gudula: àrd, bàigheil, 's le fiamh a' ghàire oirre fad na h-ùine. Bhon chiad diog a thòisich iad a' cabadaich, bha an dithis mhnà mar a bha na druidean air loidhne an dealain air cùl an taighe: a' conaltradh gun sgur. Chòrd e glan ris a' bhan-Hearach ionnsachadh mu rudan ùra: mar an dà dhiofar dhual-chainnt Ghearmailteach Plattdeutsch 's Hochdeutsch. Thuirt ise gun robh seo coltach ri cainntean Leòdhais is na Hearadh: bha facail ann a thuigear eatorra, ach nach b' e buileach an aon rud a bh' annta idir!

Co-dhiù, a' chiad mhadainn, thuirt Gudula gun gabhadh i cuairt gu Pàirc an Teampaill, faisg air baile an Taobh Tuath. Dh'innis Dondò dhi cò an t-slighe a ghabhadh i ann, agus dh'ullaich a mhàthair biadh-siubhail dhan 'ghràdhaig.'

Is rinn an t-aoigh aca às air chois, a' gealltainn gun tilleadh i ro àm bìdh, aig sia.

Ghluais an latha air adhart air a shocair fhèin – mar as dual dhaibh sna Hearadh.

Thàinig sia uairean ge-tà, is leth-uair an dèidh sia agus seachd uairean, is leth-uair an dèidh seachd. Ach, cha do thill Gudula. Mu dheireadh, aig ochd uairean, an dèidh iomadh sùil a ghabhail air a' chloc, thuirt màthair Dhondò gum feumadh iad a dhol ga lorg.

"Fàgaibh leth-uair eile i, a Mham," ars esan. "'S dòcha gu bheil i a' gabhail srùpag còmhla ri cuideigin. Inbheach a th' innte. Bidh i taghta."

Ghèill a mhàthair.

Ach, thàinig naoi uairean, gun shealladh fhathast air Gudula. Mu dheireadh, aig leth-uair an dèidh naoi, às dèidh tòrr ochanaich, thuirt ise, "'S e ar n-aoigh-ne a th' innte, 's tha e mar fhiachaibh oirnne a cùram a ghabhail. Feumaidh sinn a dhol ga lorg!"

An turas sa ghèill Dondò.

Dh'fhàg iad solas air, leum iad dhan chàr 's thog iad às suas an rathad.

Dhràibh iad seachad air an t-seann Obbe Stores, suas tron ghleann, suas seachad air ceann rathaid na Loidse is sìos seachad air an t-seann Dump. Aig bonn a' chnuicein sin thilg solais a' chàir aca faileasan dhan chlais 's iad a' tionndadh chun na làimhe clìthe, a-steach dhan Taobh Tuath – an Iar Dheas na Hearadh! Càit eile an tachradh a leithid?

Mun àm a ràinig iad geata na machrach, aig ceann-rathaid an Taobh Tuath, bha i air tòiseachadh a' ciaradh. Cha robh aca ach aon toirds 's mar sin, dh'fheumadh Dondò fantainn dlùth ri mhàthair, agus, ris an dràma a bha e cinnteach a dhèireadh aiste.

San dorchnachadh, choisich iad a-null taobh Phàirc an Teampaill, is thòisich i le, "Gudula? Gudula?" An dèidh treis, chaidh sin suas beagan na b' àirde gu, "Gudula? Gudula? Càit a bheil thu? Gudula! Gudula!" Le gach ceum cugallach a ghabh iad, is gach gràc is gròc a leig ise aiste, bha a' chearc-ghur ga cur fhèin na bu triullainne, "Cò ach creutair ann an èiginn a dh'fhanadh an seo san dorchnachadh? Gudula! Gudula!" Leum a guth suas octave eile, "Guduuuula! Guduuuula! Cà' bheil thu? Càit' a bheil thu a ghràidh? Guduuuula!"

Bha fios aigesan nach b' fhada gus an ruigeadh i an ìre sin ris an canar crescendo. Mar sin, dh'fhan Dondò fhèin sàmhach.

Rinn iad an slighe a-null chun na seann làraich san fhionnairidh is earbaill bheaga, gheala a' teicheadh bhuapa fad na h-ùine. Nuair a ràinig iad an ceann uidhe, stad iad 's dh'èist iad: tonnan, a' sluaisreadh mu na creagan. B' e sin an ath rud a chuir gaoir troimpe: "O mo chridhe ghoirt, dè idir a thachair dhan phàiste bhochd? Tha mi 'n dòchas – an ainm tròcair – nach deach i às an rathad!"

Ged a bha an tè a bha iad a' sireadh barrachd air fichead bliadhna a dh'aois, an inntinn Miss Marple, b' e 'pàiste' a bh' innte a-nis. B' ann an uair sin a thuig i, gun robh tuill choineanach air feadh na machrach. Is thàinig i gu co-dhùnadh a bha loidsigeach ... dhìse: "Ò, mo chridhe bhochd! Chaidh i thairis air a h-adhbrann, thuit i, 's rolaig i sìos am bruthach – dhan mhuir. Chaidh a bàthadh! Mo chridhe ghoirt! Am pàiste!"

BHA, rolaigeadh a' dol – ach b' e sùilean a mic a bha ga dhèanamh! Dìreach nuair a shaoil e, 'Seo an crescendo a' tighinn,' ceart dha-rìribh bho mezzo-soprano gu soprano, "Guduulaaa! Guduuulaaaa! Càit a bheil thu a ghràidh? Nach freagair thu mi! O mo chridhe ghoirt, a phàiste! Dè a chanas mi rid mhàthair? Chaidh do bhàthadh! Ò, a Ghuduula! A Ghuduuulaaaa! A Ghuduuuulaaaaa!"

(Mar gum freagradh cuideigin a bh' air a bàthadh i!)

Cha robh sealladh idir air Gudula ge-tà is mu dheireadh thall, thill an dithis aca chun a' chàir, gu diùid. B' ann mar sin a rinn iad an slighe dhachaigh cuideachd.

Uaireigin mu aon uair deug, ràinig iad geata an taighe. Gun fhacal, chaidh iad troimhe, suas na steapaichean 's a-steach dhan taigh. Ach, cò a bha an sin gam feitheamh san t-seòmar-suidhe, le plìonas mòr, farsaing air a h-aodann 's cupa teatha na làimh, ach an dearbh mharbhan a bha iad a' caoidh!

"Ach, Ò, a Ghudula." arsa Mam ... ann an guth ciùin, ciallach, "Dè a thachair dhut?"

"Le sgìos an t-siubhail, nach do thuit mi nam chadal air an tràigh. 'S cha do dhùisg mi gus an tàinig fuachd is dorchnachadh an fheasgair. Thòisich mi air coiseachd air ais. Ach thàinig 'èiginn' far an do choinnich rathad an Taobh Tuath ris an rathad mhòr. Agus, airson faothachadh fhaighinn, chrom mi sa chlais aig bonn a' chnuic. Chunnaic mi solas càir a' tighinn o bhàrr a' bhruthaich 's chrom mi na b' ìsle gus an deigheadh e seachad. Aon uair 's gun deachaidh an càr a-steach dhan bhaile, dh'èirich mi às a' chlais 's lean mi orm a' coiseachd."

Bha an dithis eile balbh.

"An robh ... eagal oirbh, nuair nach do thill mi?" dh'fhaighnich Gudula.

"Och, beagan ... 's dòcha," arsa Mam 's i a' feuchainn ri sùil Dhondò a sheachnadh.

# LITRICHEAN A' DANNSA

Còig uairean feasgar 's bha Ròs san leabaidh mu thràth, a' rànaich. Ghnog a màthair, Constance, air an doras aice 's dh'fhaighnich i, "A Ròs, a ghaoil, dè tha ceàrr?"

"Cha eil mise a' dol dhan sgoil gu bràth tuilleadh!" dh'èigh an deugaire òg, 's a' sgailceadh na cuibhrige, leig i sgreuch feirge aiste.

San dol a-steach dh'fhaighnich Constance, "Dè idir a thachair a ghaoil?"

"Tha triùir sa chlas a' faighinn taic-leughaidh ach cha toir iad idir dhòmhs' e! Nuair a thèid na balaich a-mach gu 'Àm an Oide', feumaidh mise fantainn a-staigh – a' strì ri litrichean nach fhan stòlda dhomh! Cha tèid but dhìomsa dhan sgoil gu bràth, sìorraidh, tuilleadh!"

"Tad ort, a ghaoil. Carson nach eil thusa a' faighinn an aon taic riuthasan? B' àbhaist dhut, mus do ghluais sinn."

"Thuirt Blindt nach eil fianais sam bith acasan gu bheil dyslexia orm 's nach eil càil ceàrr, ach, nach eil mi a' dèanamh oidhirp gu leòr. Ach, Mam – tha mi!"

'S lean a' phiseag oirre a' miathalaich.

"Och, trobhad, a ghaoil," ars a màthair 's i a' fàsgadh a samhail gu gràdhach. 'N e sin a dh'fhàg thu a' fuireach aig an taigh an-diugh?"

"'S e."

"'S am b' e sin a dh'fhàg do mhionach goirt na Diluainean eile a bha siud?"

"... 'S dòcha."

"Uel, chan eil fhios a'm carson a tha iad a' cumail taic bhuat. Ach sguiridh iad dheth."

"A Mham! Na troid riutha! No bidh iad ag obair orm, mar a rinn Miss Smyllum sa bhun-sgoil."

"O, a ghràdhag, innsidh mise seo dhut, cha tachair sin gu bràth tuilleadh. Nì mi cinnteach às! Sgroig ghrànda gun tùr a bh' inntese! 'S chan eil a h-uile tidsear coltach rithese idir."

"Mam! Na, dèan trod riutha, idir! Feumaidh mise a dhol dhan sgoil son dà bhliadhn' eile!"

"Na gabh thusa dragh, a thasgaidh; cha dèan iad càil ort. Nì mise cinnteach às..."

Bha oifis Miss Blowsy ùr, ach gu dearbh cha b' e sin dhìse. Bha a h-aodann bàn, gun mhaise-gnùis 's i air bobhla a chur air a ceann 's air gearradh timcheall air. B' ann le Camilla Dagey Fritton a bha a deise-clòimhe, 's bha brògan dorcha-donn Clarks oirre. Mu sheasgad, bha coltas ochdad oirre, agus air an dà phlanntrais begonia aice san uinneig.

"Dè nì mi dhut?" ars ise 's i a' stiùireadh Chonstance chun t-suidheachain bhig.

"Seasaidh mi."

"Òcaidh," ars ise 's i a' suidhe na cathair dhìosganach fhèin. "Dè nì mi dhut?"

"A bheil triùir sa chlas aig Ròs againne a' faighinn taic leis an leughadh aca?"

"Saoilidh mi gu bheil. Tha sinne adhartach nuair a thig e gu feumalachdan."

"A bheil dha-rìribh? Carson ma-thà, nach eil Ròs againne ga fhaighinn?"

"Uel, tha feumalachdan aig a' chloinn eile sin, 's chan eil aicese," fhreagair i.

"Ach THA feumalachdan aig Ròs againne!"

"Tha mi duilich, ach chan eil càil clàraichte againne a dhearbhas sin."

"Uel mura h-eil, tha sibh air a chall!"

"Dè tha toirt ort smaoineachadh gun do chaill sinne sìon?"
"Tha, gun robh i a' faighinn taic sa bhun-sgoil mus tàinig i an seo. Sin dè!"
"Uel, tha mi duilich, ach, mar a thubhairt mi, chan eil sìon againne san t-siostam a dhearbhas gu bheil nì a dhìth oirre."
"Uel, tha mise 'g innse dhutsa – an-dràsta – gu bheil, agus, gun do chaill sibh e!"
"Ma bhios tu foighidneach, gabhaidh sinne sùil air clàraidhean ar siostaim, 's ma gheibh sinn fiosrachadh sam bith dhen t-seòrsa sin, fònaidh sinn thugad leis. Òcaidh?"
"Chan fhòn! Tha mise 'g iarraidh gun cuir thusa an suidheachadh ceart an-dràsta fhèin! Sa bhad! Tha seo air a dhol air adhart fada ro fhada 's tha e a' fàgail na h-ighne agamsa tinn 's a' diùltadh a dhol dhan sgoil. Cha ghluais mise òirleach gus am bi fios agam gum faigh mo Ròs-sa a h-uile càil as còir dhi. Faighibh am fiosrachadh a chaill sibh sa bhad!"
"Ach dè idir a tha gad fhàgail cho cinnteach gun do chaill sinne fiosrachadh?"
"An do dh'èist thu idir rium? Dhearbh Taic airson Ionnsachaidh gun robh feumalachdan aice nuair a bha i sa bhun-sgoil. Mar sin, bha am fiosrachadh sin san t-siostam. Agus, ma bha feulmalachdan aice an uair sin, tha 'd aice fhathast. Nach canadh tu?"
"Ma dh'fhaoidte."
"Chan e 'ma dh'fhaoidte'! Ach 'gun cheist'! Agus seo fiosrachadh a bharrachd dhutsa, a leadaidh. Tha mise cuideachd ag obair ann am foghlam, aig an treasamh ìre. Mar sin, tha an deagh fhios agams' air mar a tha an siostam ag obrachadh 's mar as urrainnear fiosrachadh a chall san lìonra sin. Òcaidh?"
"Cha leigear leas a bhith eangarra."
"Nach 'leigear'? Tha Ròs ceithir-deug a-nis. Dà bhliadhna gu leth gun taic! Bidh deuchainnean aice air bliadhna a-ceithir. Tha an deagh fhios agamsa air a' chron a nì rud mar seo air fèin-thuigse leanaibh. 'S chan eil an dol-a-mach seo faisg air math gu leòr!"
"Ach cha chuidich e idir sinn a bhith gar cur fhèin troimh-a-chèile ge-tà."

"A bhoireannaich! 'S mise a màthair! 'S chan fhan piuc dhìomsa sàmhach gus an tuig sibhse na tha sibh a' dèanamh rithe! Leis an dyslexia a THA air Ròs – eil thu cluinntinn, a THA oirre, gun cheist – bidh litrichean a' tionndadh 's a' turraman fhad 's a tha i a' feuchainn rin leughadh. Mar sin, feumaidh i seantans a leughadh eadar ceithir is sia tursan gus an tuig i i. A h-uile seantans, air a h-uile duilleag, SIA tursan! Bheil thu tuigsinn cò ris a tha sin coltach? 'S chan e dìreach, "nach eil an litreachadh aice math," mar a thuirt aon tidsear sa chunntas-sgoile aice. Uaireannan bidh seo a' fàgail a cinn cho sgìth 's nach leugh i ach cruth an fhacail, 's chan e fiù 's na litrichean fhèin. Mar sin, tha aig Ròs ri bhith ag obair TÒRR nas cruaidhe na tha 'n còrr sa chlas. Agus, seo rud eile dhut: chan urrainn dhi bùird-iomadachaidh ionnsachadh, oir chan eil a h-inntinn air a chur ri chèile ann an leithid de dhòigh 's gun tèid aice air sin a dhèanamh gu bràth. Chan eil e gu diofar dè cho tric 's a chanas an tidsear rithe gum feum i 'barrachd dìchill a dhèanamh.' Cha tachair e gu sìorraidh! Bheil thu tuigsinn?" ars 'n cat fiadhaich.

"Tha. Thog Blowsy a' fòn 's bhuail i na putain. Dh'iarr i air an rùnaire aice fiosrachadh a shireadh o bhun-sgoil Mhangarstaigh cho luath 's a b' urrainn dhi. An uair sin chuir i sìos i.

"Nì an rùnaire againn sin cho luath 's as urrainnear."

"Feumaidh tu tuigsinn mun chron a nì seo air fèin-thuigse leanaibh!"

"Tha mi 'g èisteachd."

"'S aithne dhòmhsa tè a bha sia. Cha b' urrainn dhìse an diofar fhaicinn eadar na litrichean 'b' is 'd'. Shaoil a tidsear gum biodh e cuideachail 'd' a chur air pìos mòr cairte 's a cheangal timcheall air a h-amhaich. Fhad 's a thachair seo, bha an clas gu lèir ga coimhead. Dh'fhan a' chairt sin oirre, ga comharrachadh mar eadar-dhealachan, fad a' latha. Nuair a shealladh an tè bheag sìos ge-tà, 's a thogadh i bonn na cairte suas gu a sùilean, cha b' e 'b' no 'd' a chitheadh ise, ach 'p'! Ach thuirt an tidsear gum b' e 'd' a bh' ann. Chuir an tidsear, le a h-aineolas, ceàrr buileach i. Is fhuair an tè bheag barrachd troid. 'S an-diugh, na h-inbheach, bidh crith fhathast a' tighinn innte a h-uile h-uair a th' aice ri foirmichean a lìonadh. Chaidh an nàire 's an t-eagal sin a chur annam nam òige! 'S e sin a tha gam fhàgail-sa fiadhaich!"

Sheirm fòn a' cheannaird.

# LIN-YO

'S gann gun creideadh duin' e! Latha na Fèille 's bha iad uile a' coimhead air Lin-yo.

Ach mus tèid innse carson, feumar an sgeul aithris ... bhon toiseach.

B' e Niall an t-ainm a bh' air, ach chaidh 'Lin-yo' a ghabhail air na òige a chionn gun robh e aibheiseach air ball-coise a chluiche, le cas chlì a bha cho ealanta ri tè Roberto Rivelino, cluicheadair ainmeil Bhraisil. Ach nuair a mholadh òganaich an àite e cha robh fios aige ciamar a ghabhadh e ris, oir bha e uabhasach socharach. A thaobh a choltais, bha e tlachdmhor: falt dubh, sùilean donna is craiceann a dhorchnaicheadh le aon bhriobadh bhon ghrèin – coltach ri Rivelino fhèin.

Niste, bha nighean ann a bu toigh leis, Kathleen an Iasgair. Ach cha robh esan a' smaoineachadh gum faigheadh fear coltach ris-san tè cho brèagha. Bha ise measail air ge-tà. Mar sin, an dèidh beagan taice bho eadar-mheadhanairean, thòisich iad a' falbh le chèile 's bha iad sona.

An ceann dà bhliadhna a' suirghe fhuair Lin-yo obair sa Chabhlach Mharsanta, na AB.

Ach, mun àm sa, bha Kathleen air a bhith a' feitheamh air airson treis mhath, gus an cuireadh e a' cheist oirre. Cha robh fios aigesan air a seo agus gu dearbh cha shaoileadh e air iarraidh oirrese a phòsadh, mus cuireadh sin an t-eagal oirre 's gun teicheadh i.

Mar sin, dh'fheith i, gun shàsachadh.

Nuair a bha Lin-yo a' sreap ri fichead bhuail buille chruaidh e. Nuair a bha e thall an Sealan Nuadh, chaochail a mhàthair. Sna làithean sin cha robh siubhal idir cho furasta 's a tha e an-diugh. Às aonais tòrr airgid cha deigheadh aig duine air an t-slighe a shiubhal luath gu leòr. Mar sin cha d' fhuair e gu a tìodhlaiceadh. Sgàin sin a chridhe oir bha e garbh teò-chridheach dha taobh. Bhon àm sin, dh'fhairich e ciont uabhasach a chionn nach robh e còmhla rithe air an t-slighe mu dheireadh aice.

Thòisich e air òl. Leis an fhìrinn, b' fheàrr leis-san e fhèin nuair a bhiodh dramaichean air, oir bheireadh sin seòrsa de mhisneachd dha. Ach thòisich a' mhuir 's an deoch a' dol eadar e fhèin is Kathleen; a bha fhathast a' feitheamh. Bha ise a-nis a' call misneachd 's a' smaoineachadh gun robh i ga mealladh fhèin. Ach lean i oirre a' feitheamh. Is lean Lin-yo air ag òl.

San eadar-ama, choinnich Kathleen ri duine dham b' ainm Crichton – fear aig an robh companaidh-togail thaighean. Thòisich esan a' frasadh mholaidhean oirre 's a' ceannach rudan snoga dhi 's ga toirt gu àiteachan-bìdh matha. Gheall e an saoghal dhi, nam pòsadh i e. Bha fear a' seallatainn mòr-ùidh innte mu dheireadh thall.

Lean Lin-yo air ag obair aig muir 's ag òl air tìr.

Mu dheireadh thall ghèill Kathleen ri tagraidhean Crichton. Bha banais mhòr aca. Ach, aon uair 's gun robh i pòst' aige, bha esan a gheall an saoghal dhi brùideil rithe. Dh'fhulaing i bliadhnaichean de dh'àmghar còmhla ris ann an Obar Dheathain. Ach mu dheireadh dhealaich iad. Is chaidh ise a theagasg ann an Sgoil Chraich, faisg air Tough, siorramachd Obar Dheathain.

Air ais an Sanndraigh, dhoimhnich na bha a dhìth air Lin-yo de dheoch airson a shàsachadh. B' fheudar dha a' mhuir fhàgail agus, gun obair, bha e a' tarraing an dole. Nam biodh latha no dhà sòbarra aige, dhèanadh e beagan saoirsneachd do dhaoine airson airgead òil. Ach cha robh càil stèidhichte, oifigeil aige. Chanadh esan nach robh e ag òl ach airson a bhith sòisealta. Chan eil dà bhotal uisge-beatha gach latha, air òl leat fhèin, sòisealta ge-tà.

Uile-gu-lèir chuir Lin-yo seachad ceithir deicheadan, cha mhòr, bhon a bha e naoi-deug, ann an ceò uisge-bheatha. Is ainneamh a ghluaiseadh e às an tobhta aige aig ceann an rathaid. Bha an taigh mì-sgiobalta: uidheaman-obrach, einnseanan, lampaichean is seann rudan briste air an càrnadh ann, 'airson an càradh.' Bha fiù 's mullach a sheòmar-suidhe donn le còmhdach bhliadhnaichean de thoit.

Dha thaobh fhèin, bha droch thuar air a chraiceann 's bha a shùilean air a dhol buidhe. Bha mabadh na dighe na chòmhradh agus bhiodh 'satellite delay' ann nam biodh duine a' feitheamh air freagairt bhuaithe. Bha fhalt fada, salach 's aodach robach, tolldach. Leig e fiù 's le fhiaclan lobhadh. Leis an fhìrinn, bha coltas air gun robh am bàs a' dlùthachadh.

Aig àm na Fèille thàinig Kathleen dhachaigh 's ise cho brèagha, stampail 's a bha i riamh. Thachair i air Lin-yo 's esan a' tuiteam a-mach à Teanta na Leanna, na chnap air an fheur. Shìn e an sin 's e a' brunndail 's a' cur às a chorp mar amadan.

Ach ghabh i truas dha. Thog i gu chasan e is lean i e, a' gabhail a chùraim gach ceum a thug e às. Dhràibh i fiù 's chun an taighe aige fhèin e. 'S an àite teiche cho luath 's a b' urrainn dhi, dh'fhan i, a' sgioblachadh a h-uile càil dha. Sùidseadh, glanadh, nigheadaireachd.

Carson a leanadh boireannach àlainn, comasach a leithid-san?

Goirid an dèidh seo chaidh Lin-yo 's i fhèin a-null a dh'Obar Dheathain. Agus an dèidh ùine ghoirid air falbh, nach do thill iad, air Latha na Fèille. Bha Lin-yo a-nis ri a taobh – sòbarra 's a' coimhead math! Bha fhalt air a ghearradh agus ged a bha e dlùth air seasgad bha e dubh, tiugh, snasail. Bha aodach ùr air cuideachd agus brògan gleansach. Agus, iongnadh nan iongnadh, bha fiù 's fiaclan ùra na cheann. Cha b' e sin a-mhàin ach bha a shùilean soilleir cuideachd. Dha taobh-se dheth, bha ise a' leigeil dhith a dreuchd 's a' tilleadh a Shanndraigh.

Oir, tadaibh. B' e an sgeul a bu mhotha, gun robh ise air iarraidh airsan a pòsadh. 'S cha robh esan idir air diùltadh!

# CAILLEACH

Seonachan, b' esan am bodach còmhraideach ris an do choinnich mi aig an iomain. Bha mi air gealltainn dha gun deighinn a chèilidh air 's a-nis bha mi a' coileanadh mo gheallaidh.

B' i a bhean a choinnich rium aig an doras. Cailleach, bhiodh ise cuideachd sna seachdadan. Bha tughadh liath air a ceann 's bha a corp caol agus crom leis an aois. Ach, bha i a' bidealais mun cuairt air a socair fhèin, a' srucadh a casan air an làr. Bha a ceumannan goirid 's bha a corp a' robhladh bho thaobh gu taobh, mar bhàta ann an gaillinn. Fhad 's a bha sinne a' bleadraich, thionndaidh ise gu panagan a dhèanamh. "Gabhaidh sinn iad le cofaidh 'cheart'," thuirt i ann an guth fann. Ach nuair a dh'fheuch i air a' ghreideal a thogail às a' phris le aon làimh tharraing i a h-anail a-steach gu luath tro a fiaclan. Chleachd i an uair sin a dà làimh airson a giùlain gu slaodach chun na hob. Leig i sìos caran luath i 's rinn sin gliong mhì-thlachdmhor. Leis an fhìrinn, chuir a' chailleach bhochd truas orm. Ach gu dearbha cha b' fhada gus an robh càrn de phanagan blàtha aice fo shearbhadair shoithichean 's le a corragan cama le altan a bh' air sèid, thagh i an fheadhainn air an robh an cruth 's an dath a b' fheàrr. Cha do dh'ith i fhèin gin dhiubh, ach bha iad garbh fhèin blasta 's cha tug e mòran coiteachaidh dhòmhsa trì dhiubh a ghabhail, le ìm 's le silidh, cuide ris a' chofaidh – a bha gun cheist sam bith, 'ceart'.

Chuir aon rud smaointinn orm ge-tà: a dh'aindeoin cho crùbach 's a bha a' chailleach, sheall Seonachan oirre, fad na h-ùine, mar gum b' e bràmair òg àlainn à Hollywood a bh' innte.

Nuair a chaidh i air ais dhan chidsin, sa chùl, dh'fhaighnich mi, "Cuin a phòs sibh?"

"O chionn barrachd air leth-cheud bliadhna. Am ficheadamh latha dhen Ògmhios a bh' ann, Latha Àirde na Grèine! 'S i a tha airidh air duais, 's i air mise fhulang airson ùine cho fada!" ars esan le lasgan, fìrinn na shùilean. "Habair gun do dh'ionnsaich sinn tòrr mu chèile rè an ama sin ge-tà!"

"Cuiridh mi geall."

"Bha sinn mu shia bliadhna pòsta nuair a ghluais sinn an seo," thuirt e. "Bha Latha Spòrs na sgoile a' dlùthachadh 's pàrantan a' ruith air an rathad mhòr air chùl an taighe san uidheamachd a b' fheàrr a cheannaicheadh airgead – aodainn dheàrga is dòrtadh fallais. Faoineas gun sgot!

"Bha mise dìreach air mo phàrantan a chall. Tubaist rathaid. Bàs grànda. Eadar sin 's sàrachadh ar n-imrich 's mise bogte nam obair, bhris mo shlàint'-inntinn. Far na h-obrach, cha robh mi ag iarraidh daoine fhaicinn, no ceistean gòrach a fhreagairt. Droch fhonn... tuigidh tu.

"Ach thàinig Latha Chleasan na sgoile 's trom 's ged a bha m' inntinn, bha mi ag iarraidh sealltainn do Cheit Bheag againne gun robh a Pabaidh a' cur a thaic rithe. Nuair a ghiùlain mi mo chasan troma a-null, bha na pàrantan nan suidhe air an t-slios, shuas chun na làimhe deise. Mar sin, shuidh mise cho fada chun na làimhe clìthe 's a b' urrainn dhomh. Leam fhèin. Bha mise ann airson aon chreutair a-mhàin: mo nighean bheag dhonn, còig bliadhna a dh'aois. B' i a rinn math cuideachd!

"Niste, nuair a bha rèisean na cloinne seachad, chaidh rèis nam màthraichean a ghairm. Bha mo bhean rim thaobh, a' coimhead àlainn: falt goirid dubh, blobhsa theann phinc, briogais anairt gheal 's flip-flops oirre. B' i an dealbh! Cumadail, mar mhodal. Chì mi fhathast i. Ach, cha b' urrainn dhomh a chreidsinn nuair a dh'èirich ise airson a dhol a ruith. Bha èideadh 's uidheamachd rèise air na màthraichean eile!"

"Seadh?" arsa mise 's mi cho miannach air barrachd a chluinntinn 's a bha mi air na panagan.

"Dh'fhaighnich i dhomh, 'Dè mura buannaich mi?' Dè seòrsa ceist a bha an sin? Dhòmhsa dheth cha robh dòigh air thalamh ann far an dèanadh tè air an robh aodach spaideil 's flip-flops càil ach call. Co-dhiù, siud ise a' coiseachd chun na loidhne. Bu mhi bha taingeil gun do thilg i dhith na flip-flops. Rinn iad uile deiseil is chrom ise gu h-ìosal, fada na bu phroifeiseanta na bha mi 'n dùil."

"Agus?"

"Brag! Dh'fhalbh an gunna. 'S air m' onair 's air m' fhìrinn, chan fhaca mi ach strìoc dhubh, phinc is gheal a' tarraing na b' fhaide 's na b' fhaide air falbh bhon ghràisg. Ise! Cha robh rèis cho aonataobhach riamh ann! Bhuannaich i gun strì sam bith! B' e sin an latha a dh'ionnsaich mise gun robh i air a bhith air leth math air ruith na h-òige. Ach ... cha b' e sin a bu mhotha a chuir iongnadh orm."

"Ciamar?"

"Nuair a bhris i tron teip, thionndaidh i thugamsa 's, le a gàirdean dheis, rinn i gluasadan pumpaidh air ais 's air adhart le dòrn 's i ag èigheach 'Yaaaaaas, get in there!' Ise! 'S i cho boireannta? Thionndaidh mu thrì ceud pàrant a choimhead air cò ris a bha am boireannach ùr a' cleasachd – 's mise a' feuchainn ri mi fhèin a dhèanamh cho beag 's a b' urrainn dhomh san oisean! Ach, bha i mìorbhaileach math air ruith 's bha mi cho moiteil 's a ghabhadh aiste-se cuideachd."

Dìreach nuair chuir e crìoch air a sgeul, thill ise a-mach às an t-seòmar chùil. Ach, air dhòigh air choireigin, bha i eadar-dhealaichte. Catrìona a bh' oirre. Catrìona.

# AN TRAINNSE

Cha bhruidhneadh duine san teaghlach ma dheidhinn. Ach, tràth sna 1960an, chuir mo sheanair làmh na bheatha fhèin.

Thuirt Granaidh gum biodh e a' buiceil 's ag èigheach na chadal. Ach, an solas an latha, nach canadh e facal mu na bomaichean a thogadh dreidseir aislingean on ghrunn. Coltach ri tòrr a bha thall 's a chunnaic, cha robh esan idir deònach a dhol thar a' mhullaich tuilleadh.

Ach, sa gheamhradh 1963, nochd neach-naidheachd bhon wireless. Bha i òg, brèagha, foighidneach 's thug i gàire air an toiseach. Mu dheireadh thuirt i gun cuidicheadh e gu mòr i nan canadh e facal beag rithe mun dàrna cogadh. Facal beag no dhà. Gu h-iongantach, ghèill e is dh'innis e rudan dhan choigreach sa air nach do bhruidhinn e riamh ri bhean fhèin: "Bidh aon rud a' cur orm. Thachair e an Caen, às dèidh dhuinn a dhol air tìr air Tràigh a' Chlaidheimh. Thachair mi air tobhtaidh. Chaidh mi a-steach 's ghlac mi triùir shaighdear Gearmailteach a' gabhail smoc. Leum iadsan gu na gunnachan aca. Ach, cha tug mi cothrom dhaibh lasadh orm. Mus d' fhuair iad thuca, mharbh mi a h-uile mac-màthar. Gach fear, air fad! Ach, a h-uile h-oidhche bhon àm sin – a h-uile h-oidhche – bidh mi gam faicinn san t-salachar 's am fuil a' dòrtadh asta. Is smaoinichidh mi air a' chloinn gun athraichean, na mnathan gun chèilean 's na màthraichean ann an suidheachaidhean a tha an aghaidh nàdair. Bu mhise a mharbh na balaich 's a leòn gach ball dhen luchd-dàimh cuideachd."

Nuair a fhuair i na bha a dhìth, dh'fhalbh an tè òg leis an sgeul seo taisgte na h-uidheam-clàraidh, airson cur-seachad a thoirt dhan luchd-èisteachd aice.

Ach, thàinig seargadh air a' bhodach.

An oidhche sin, thill e a ghlac a' bhàis – dhan sprùilleach 's dhan spreadhadh agus do sgrios diabhalta nam bomaichean. Thuirt mo sheanmhair gun robh an cràdh-inntinn cho dona 's gun tàinig crith ann a bha ga chrathadh mar a dhèanadh reothadh a' gheamhraidh. Lorg ise e na chrùbain ann an oisean an t-seòmair-chadail a' turraman 's a' monmhar ris fhèin 's gun fhacal a' bualadh ri fuaim. Às dèidh bhliadhnaichean sòbarra, chaidh mo sheanair air an deoch. Is dh'fhan e oirre airson sia seachdainean. Mu dheireadh thall chan fhuilingeadh e clàbar nan trainnseachan tuilleadh. Ghabh e cùisean na làimh fhèin.

An dèidh an tìodhlaicidh, cha bhruidhneadh an teaghlach mun 'chùis' idir. Cha chanadh iad ach gum b' e shrapnel a' chogaidh a thug bàs dha. Bha shrapnel na bhroinn, ach cha b' ann de mheatailt a bha e dèanta.

Bha mise seachd-deug mus do dh'fhoghlaim mi 'n fhìrinn. Dh'ionnsaich mi cuideachd gum b' e 'seann athair' a bh' air a bhith ann. Oir, nuair a thill 'Sean' bhon chogadh cha b' urrainn dha socrachadh le tè sam bith – gus an do choinnich e ri Granaidh Bheurla mu dheireadh thall. Phòs àsan ann an 59. Rugadh m' athair ann an 60. Chaochail Sean nuair nach robh e ach trì. Cha robh cuimhne sam bith aige air.

Dh'fhàs m' athair gus a bhith na dhuine a bha math air obair. Fiù 's nuair a thigeadh e dhachaigh o dhreuchd, dheigheadh e leis fhèin dhan t-sead a shaothrachadh. Bhiodh e ag obair bho mhoch gu dubh. Is, coltach ri athair-san, cha bhruidhneadh e mu fhaireachdainnean.

Dh'fhàg mise an nead nuair a bha mi ochd-deug. A chionn 's gum bu mhì an t-aon mhacan, b' fheudar dhaibhsan an uair sin eòlas a chur air a chèile às ùr.

Ach, mu thrì bliadhna an dèidh sin – mar chloich às an adhar – dh'fhàg mo mhàthair m' athair. Chan eil a' chiad fhios a'm carson a rinn i e, às dèidh barrachd air fichead bliadhna pòsta. 'S dòcha, nuair nach robh ann ach iad fhèin, gun do thuig i nach fhaigheadh i gu bràth na còmhraidhean brìoghmhor bhuaithe a bha a cridhe a' miannachadh. Bha e cho dùinte ri slige-creachainn. Fiù 's nuair a thrèig i sinn, cha tuirt e guth. Bha fireannaich a ghinealaich-san coltach ri ginealach athar: 'Na bi lag. Bi làidir. Cùm do chràdh agad fhèin.'

Dh'fhàg Mam sinne 's an uair sin, dh'fhàg esan mise. Doirbh 's ged a tha e a chreidsinn, san Dùbhlachd 2003, rinn m' athair, fìor mhac athar, an dearbh rud 's a rinn mo sheanair. Bu mhise a thachair air a chorp 's mi air tighinn dhachaigh airson làithean-saora na Nollaige. Bam! Chan fhàg an ìomhaigh m' aigne gu sìorraidh. Bha mi 21. Dh'fheuch mi ri thuigsinn: 's dòcha gum b' ann a chionn gun do chaill e Mam, a thòisich e air feuchainn ri dèiligeadh ri call athar son a' chiad uair. Cò aige tha fios?

Às dèidh an tìodhlaicidh, cha bhruidhneadh gin dhen teaghlach mun 'rud' a thachair.

Air an taobh a-staigh dhìomsa ge-tà, thòisich mise a' còmhradh rium fhèin: "Dè tha ceàrr orm, a tha gam fhàgail cho furasta m' fhàgail air chùl? An fhiach dhomh fantainn beò? A bheil e 'an dàn' dhòmhsa àsan a leantainn? A bheil fèin-mhurt nam ghinean?"

Bha na bomaichean mòra a' tuiteam ormsa a-nis, nan tuil: "Cuiridh am bàs stad air a' chràdh-chridhe, nach cuir? Thèid a h-uile càil dubh. Chan eil rian nach tèid, eh? No, a bheil a' bheatha a' leantainn oirre, air dhòigh air choireigin, mar a chanas cuid. Ma tha, dè an seòrsa mothachaidh a bhios againn fhad 's a tha sinn a' gluasad eadar an dà staid? Agus ma tha nèamh is ifrinn ann – dè a thachras dhòmhsa?"

Mar sin, thòisich mi air leughadh mun chuspair. Dh'fhoghlaim mi gur e seo am prìomh adhbhar-bàis do dh'fhireannaich eadar 20-45. Am prìomh adhbhar-bàis? Ach, carson? Sin a' cheist. Thuirt eòlaichean gur e na fir leis an tèid an togail na modalan-beatha a th' aig balaich, a thaobh fireanntais. Ionnsaichidh iad 'fireanntas' bhuapasan. Ach an làithean m' athar 's mo sheanar thubhairteadh: 'Na bi lag 's, air do bheatha, na cuir do chùraman air duin' eile!' B' e teachdaireachd gun tùr a bha sin: ciste-laighe. Oir, bidh bròn gar bualadh uile, uaireigin.

Ach, ma bhios e cho trom 's nach urrainn dhuinn a ghiùlan leinn fhèin, agus, mura faod sinn a roinn le daoin' eile, dè idir a nì sinn? Chan fhaic cuid ach aon rathad a-mach às an trainnse.

A' cur ri seo, tha rannsachadh cuideachd ag ràdh: mas e is gun do chuir cuideigin a bha dlùth rinn làmh nam beatha fhèin, tha sin ga fhàgail na roghainn aithnichte dhuinn – gu h-àraid mas e ar pàrantan a rinn e. Ach, tha an sòisealtas againne a' gluasad gu smaoineachadh nas lèirsinniche. Tha eòlaichean an-diugh a' moladh a bhith a' bruidhinn air ar smuaintean dubhach. Niste, chan eil sin a' ciallachadh gum feum sinn a bhith nar n-eòlaichean air a' chuspair. Chan eil. Chan fheum am fulangaiche ach innse mar a tha an smuaintean gam buaireadh. Sin uireas.

Dhearbh mise seo. Oir 's dòcha gum faighnich cuideigin carson nach do rinn mise mar a rinn mo sheanair 's m' athair? Uel, bhon a bha mi nam dheugaire, nam biodh an saoghal a' cur orm, shirinn Tim, mo charaid, agus bhruidhneamaid. Aon latha às dèidh dha m' athair cur às dha fhèin, dh'fhaighnich Tim dhomh, gu dìreach, "An do smaoinich thu fhèin riamh air làmh a chur nad bheatha?"

"Smaoinich," dh'aidich mi.

"'S ... An dèanadh tu e?"

"Cha dèanadh."

"Carson?"

"Air sgàth mo bhòide."

"Cò 'n tè?" ars esan.

"Nuair a bha mi òg, bhithinn an-còmhnaidh mì-shàsaichte nuair nach bruidhneadh m' athair mu shìon ach 'mar a dhèanar obair mhath.' Nam biodh fìrinn-cridhe a dhìth orm ge-tà, theicheadh e. Mu dheireadh thall, nuair a thuig mi nach atharraicheadh e gu bràth, gheall mi dhomh fhèin, 'Nuair a bhios mise nam inbheach, cha bhi mi idir, idir coltach ris-san!'"

B' e sin a thog à clàbar na trainnse mi: bòid is bruidhinn.

Canaidh cuid ge-tà, 'Ach ma bhruidhneas tu air fèin-mhurt ri cuideigin a tha a' fulang nan smuaintean sin, bheir e spreigeadh dhaibh airson a dhèanamh. Nach toir?'

Cha toir, idir! Chan eil sin stèidhichte air rannsachadh sam bith.

Air a chaochladh, thathar a' moladh gum bi bruidhinn gu h-onorach mu dheidhinn an dà chuid na dhoras-saoraidh dhan fhulangaiche 's na chothrom-taice dhan neach-èisteachd.

'S e sin a tha gam fhàgail-sa ag obair aig na Samaratanaich a-nis: a' feitheamh air còmhraidhean onorach na beatha 's chan ann air sàmhchair àicheil a' bhàis.

# MAC MÒRNA

Dh'aithnicheadh tu nach b' e fear dhiubh-san a bh' ann. Bha esan beag, le craiceann cairtidh 's falt donn. Bha àsan àrd, le craiceann bàn 's falt bàn. Eu-choltach ri tòrr dhe cho-aoisean, ge-tà, bha tùs-chànan an àite aigesan – làn de dh'fhuaimean alltan, bheanntan 's ghleanntan na sgìre. Ach, bha e fhathast diofraichte bhuapa.

Nuair a bha Mòrna, a mhàthair, sia bliadhn' deug chaidh i a Chill Rìmhinn air mhuinntireas. Bha i a' tionail airgead airson aodaich, maise-gnùise is eile. Ach, an dèidh bliadhna, thill i le barrachd air màlaidean làna. Bha Seonaidh na cois.

B' e sin a' chiad rud a dh'fhàg diofraichte e: cha do rugadh e san eilean. Do chuid, dh'fhàg sin e mar fhear a bh' air fleòdradh sìos dhan bhaile à soitheach-fànais.

San dàrna h-àite 's na bu ghonaile do chuid, cha robh a' chiad fhios aig na nàbannan cò a b' athair dha. 'S cha mhò a dh'innis ise dhaibh. Mar sin shloinneadh e: 'Seonaidh mac Mòrna Mhurchaidh Dhòmhnaill'. San dualchas acasan, dh'innis sin a sgeul fhèin.

Bha fios aca ge-tà gum b' e coigreach a b' athair dha. Oir, ged a ghabhadh Seonaidh air san nàbachd, cha b' e sin a b' ainm dha, ach 'Jehan'. Dh'aithris Annag Bheag, neach-clàraidh an eilein, sin. 'Beul an Latha', mar a theirte rithe, b' ise cuideachd a dh'innis dhaibh gun robh a chinneadh a cheart cho coimheach ris a' chiad ainm aige: Zwingli! Glèidh mo chiall dhomh! Cò riamh a chuala a leithid? Zwingli? Chan eil 'z' no 'w' an aibideil na Gàidhlig. Mar sin, cha b' urrainn dha a bhith na bu choimhiche nam feuchadh e. B' iomadh uair a bhiodh e air a nàrachadh nuair a dheigheadh Swing-lee a ghairm aig toiseach clas sgoile.

Mar sin, nuair a bha e dà-dheug, dh'iarr e 'n t-ainm-fine aige atharrachadh gu Peutan, fear a mhàthar. "Tha e gam fhàgail neònach ac' uile," ars esan.

"Tha mi tuigsinn, a ghràidh," fhreagair Mòrna gu ciùin. "Ach b' e duine snog a bha nad athair. 'S bu mhath a b' fhiach an t-ainm aigesan a ghiùlan, le moit. Fàgaidh mise 'n roghainn agad fhèin ge-tà, a ghaoil. Fàgaidh mise sin agad fhèin."

Am beagan làithean dh'fhàs an cupa goileach ud flodach 's leig e atharrachadh-ainm às a cheann. Dhèanadh Zwingli a' chùis. Cha b' e fiù 's Sbhionglaidh, ach Zwingli, le 'z' agus le 'w'! Gabhadh iadsan Swing-lee, no an t-ainm eile air, nan togradh iad.

Ach bhon àm a ràinig e bliadhnaichean a dheugaireachd thòisich ceistean ga ithe, mu fhèin-aithne. Cnuimhean ann an lot iongarach. Cha b' urrainn dha mhàthair tòrr innse dha mu athair ge-tà. Oir cha robh i fhèin eòlach air ach airson treiseag.

Chanadh i, "Choinnich mi ris 's e ri saothair air raon goilf, ri taobh an taigh'-òsta san robh mi 'g obair. 'S ged nach do mhair ar càirdeas, chuireadh e airgead thugam air do shon gu cunbhalach. Duine dìcheallach a bha nad athair a ghaoil. Bha e laghach, comasach agus math le làmhan."

Ach bha garbh-ghaoth de cheistean a' sèideadh tro cheann Sheonaidh òig: 'A bheil mi a' coimhead coltach ris? A bheil mi coltach ris nam nàdar? An toireadh an aon rud gàire air an dithis againn? An còrdadh m' obair ris? An dèanadh e fhèin rudan san aon dòigh? Am bithinn math gu leòr air a shon? An gabhadh e rium?' Ach stadadh sèideadh na gaoithe leis a' cheist, 'Dè am feum a nì ceistean, nuair nach fhaigh iad freagairtean gu bràth?'

Bha aon rud eile ann a bha a' sgaradh Sheonaidh bho mhuinntir an àite: a chur-seachad. Bho làithean òige, nuair a bhiodh a' chlann eile a' cluiche gheamannan, bhiodh esan ag atharrachadh chùrsaichean shruthain is cruth na tìre timcheall an taighe le spaid, pioc, is geamhlag. 'S bhiodh e a' putadh bara-cuibhle làn puill o àite gu àite – a' dèanamh àiteachan mì-chòmhnard còmhnard.

Thuirt cuid de mhuinntir an àite gum b' e dìomhanas a bh' ann, "A' cur dam concrait air sruthan son biastagan a choimhead a' gluasad air uachdar an uisge? Faoineas! B' fheàrr dha fada fichead obair fheumail a dhèanamh! Cur. Buain. Iasgach."

San àm ud, bhiodh fireannaich òga an eilein a' sireadh obraichean Thìr Mhòir: ri maraireachd, am poileas, no ris an ola. Ach, bha Seonaidh ag iarraidh ceum a ghabhail ann an Dealbhachadh Crutha-tìre! B' fhurast fhaicinn gum b' e coigreach a bha na athair!

Mar sin, aig ochd-deug, chuir e a chùl ris an eilean 's rinn e às gu Oilthigh Beckett, ann an Leeds. Chòrd a' chiad sheamastar ris, am measg a sheòrsa fhèin. 'S, air sgàth gun robh iad ann bhon a h-uile h-àird, cha robh an t-ainm aige idir dùbhlanach dhaibh-san.

Tràth san dàrna seamastar, thòisich dealbhadairean bhon taobh a-muigh air tighinn gan teagasg airson seachdainean fa leth, nan òraidichean-tadhail. Aon Diluain, chuir an ceannard-cuspair aca fàilte air Dealbhadair Crutha-tìre às an Eilbheis: duine beag, le craiceann cairtidh 's le falt donn, dham b' ainm Jehan Zwingli! Bha Seonaidh beò-ghlacte! Ùine ghoirid tron chiad òraid aige sheall fear Zurich ceithir dealbhan dhaibh de phròiseact a rinn e mu naoi bliadhn' deug roimhe sin.

"For this project, I received a commission to re-design a golf course, at St. Andrews, alongside a course designer from Nicklaus Design," thuirt e. "We were successful and won a prestigious award from the European Institute of Golf Course Architects. That changed my life completely and it's probably the reason I'm here today talking to you all."

Bha cridhe an leth-eileanaich na bheul.

Nuair a chuir an dealbhadair crìoch air an òraid, dh'èirich Seonaidh 's le laigse na chasan 's na chom, choisich e sìos steapaichean an ionaid-èisteachd. Leig e leis na h-oileanaich eile bruidhinn ris an dealbhadair an toiseach. A' feitheamh air a chothrom fhèin, dh'fhàs a' chrith na bhuill na bu làidire. An dèidh sìorraidheachd, cha robh ann a-nis ach an dithis aca. Lìon sùilean an fhir eile le eagal is thàinig fiamh-ghàire mhì-chinnteach air a bheul.

"Hi..." thuirt an t-òganach. (Casad.) "Haa-um ... My name is ..."

"Beaton!" ars an dealbhadair, "Your name is Beaton!"

"No. It's Zwingli. My surname is Zwingli."

"Really?" ars esan 's plìonas mòr, sona a' tighinn air aodann.

"It is," ars an duine òg. "I'm called Seonaidh or Jehan ... Zwingli."

"Isn't that great! And isn't it fantastic that you're following the same career as mine. Here, do you have time to sit and eat with me? So that I can learn about your history?"

"Yes," fhreagair mac a mhàthar is athar. "All of my life – if you want."

# SEOCLAID THETH

Nuair a dh'iarr mi tagsaidh aig Stèisean Bhusaichean Bhochanain – airson, "John D. Kelly Hostel, 121 Hill Street" – b' fheudar dhomh a ràdh trì tursan ris an dràibhear.
"Are ye frae Sweden?" ars esan. An robh e craicte?
Ach a-nis às dèidh an ostail a ruigsinn is mo bhagannan a chur dham dhachaigh ùr, bha mi deiseil airson sgrìob a ghabhail dhan ionad a thug dhan bhaile mhòr mi. Chaidh mi a-mach dhan t-sràid is bhuail àileadh a' bhaile a-rithist mi: fuaraidh, aognaidh taca rim dhachaigh. Thionndaidh mi gum làimh dheis.
Air mo cheum, chluinninn monmhar tòrr chàraichan shìos an cnoc fodham, air ceudan de shràidean a bha a-nis gam chuairteachadh. Aig an taigh bhiodh sàmhchair na h-uaighe gar bòdhradh. Chunna mi gàrraidhean beaga bìodach fo fhlataichean, ach bha raointean farsaing timcheall air na bungalows againne. Chunna mi cuideachd daoine à dùthchannan cèine, le aodach traidiseanta orra. 'Saoil am bu chòir boiler-suit is bòtannan a bhith ormsa?'
A' tighinn thugam fhèin, thionndaidh mi chun na làimhe deise, far Hill Street 's sìos Garnet Street. Nuair a ràinig mi oir a' bhloc, sheall mi gum làimh chlì is leig mo chridhe leum às: steapaichean 's dorsan dubha iomraiteach àite mo rùin! Aig bonn nan steapaichean sheall mi suas lem bheul fosgailte.
Dhìr mi gu na dorsan mar gum bithinn ag aisling. Nuair a ràna mi iad, sgrùd mo shùilean na litrichean geala a bh' air bòrd dubh

os cionn an dorais: 'The Glasgow School of Art: 167.' Rinn stoidhle nan litrichean aithris air Mac an Tòisich, an t-ailtire a b' ainmeile a bh' againn riamh. Chuir mi mo làmhan air dà phleit mheatailt nan dorsan: ART SCHOOL. Bha iadsan fuar ach bha mo chridhe teth 's ag ràdh, 'Ràinig thu 'ille! Ràinig thu!'

A' tarraing m' analach, ghabh mi a-steach. A dhuine chòir! Cha b' e taigh-geal no taigh-dubh a bha an seo idir, ach taigh-ealain: làn de Shamhlachas Eòrpach, Art Nouveau is Stoidhle Ghlaschu. Dh'aithris gach oisean e. Cò a chreideadh gum faighinn-sa foghlam an seo?

Ach, nuair a chunnaic mi ise, bha i cho àlainn 's gun do reub i m' aire bhon togalach. Bha a craiceann dorcha, a falt dubh, 's a sùilean na bu duirche na Loch a' Mhuilinn; shnàmhainn annta. Ò, cho brèagha ri Halle Berry 's Zoe Saldana air an cur còmhla. Ach ghlac i mi ga coimhead 's mo bheul fosgailte, mar iasg a-mach à sàl. Cha robh agam ach, "Halò?" 's mo ghruaidhean air a dhol dearg. "I'm Angus ... Gillies. What's yours ... your name?"

"Karen ..." arsa ise, "... Karen Farrell."

"Emm. That's a nice name."

"What did you expect? Mutanga Mutanga?" dh'fhaighnich i.

"Eh? No! It's not that. It's ..."

"Dinna fuss. Ahm no offended. Ma Maw's fae Nigeria, ma da's fae Alloway – and white."

"Och," arsa mise. "My head's ... slow. I'm tired. I've just arrived, off the bus."

"Huv ye? Nice accent!" arsa ise. "Are ye frae Ireland?"

Dè fon ghrèin a bha ceàrr orra uile? "No. I'm Scottish: from the Isle of Raasay."

"I love ... your accent. You really hit the 't' sound in ScoTTish."

"Ehmm... I didn't know I had an accent."

"Ye dae. It's ... musical."

"Thanks."

"Mines is fae Cumnock."

"Where?"

"Cumnock, in Ayrshire, 16 mile south ae Kilmarnock."

Cha robh sgot agamsa cà robh sin. "So, you're not far from home, eh?"

"Compared to you ahm no. I'm a first year. You?"

"Yes. Me too. Well, about to start," arsa mise. 'S an uair sin, an dòchas gum biodh i a' fuireach faisg orm, dh'fhaighnich mi, "Are you staying nearby?"

"I'm in halls: the J. D. Kelly."

"Great!" arsa mise: ro luath 's ro thoilichte. "That's where I am too. Maybe we can ... help each other ... with work," arsa mise gu dòchasach.

Ach dìreach leis an smuain sin, bhrist guth àrd, magail a-steach bhom chùl, "Who's the mammie's boy, Farrell?"

"Archie! Manners!" fhreagair Karen 's i a' tionndadh air ais thugamsa a' roiligeadh a sùilean, "Sorry, Angus. That's Archie, fae the Academy, my auld school."

Sheall mi air a' bhrùid seo 's e cho maol ri ball-coise. Bha seacaid-bomair uaine air, briogais theann denim air a tionndadh suas aig a bhonn agus DMs àrda dubha.

"You sound like a teuchter ANGUS. Are you a 'Hielan laddie', son?"

"Eh?"

"Are ye a TEUCHTER, son? Ye smell like ane," ars esan, a' dèanamh gàire fuadain.

"Eh?"

"Dinnae bother wie him," ars Karen.

"That's it hen, you stick wie yir minorities – darkies, halfcasts and hielan immigrants," agus thionndaidh e thugamsa, ag ràdh, "see you later, ya glaikit-looking sheep!"

"Not if I see you first!" arsa mise 's e a-mach air mo bheul mus do smaoinich mi air.

"Dinnae, Angus. He's got back-up." Shònraich a sùilean dhomh an dithis – coltach ris fhèin – a bha nan seasamh aig na dorsan.

"Aye son, a dae! So, watch the attitude. Tha warden telt me yir oan ma flair at the halls. So, ah'll be seein yir stupid coupon aroun' and teachin' ye some British manners. OK, Sean? Ya total sheep!" 'S le aon sùil shuarach eile orm, choisich e a-mach air na dorsan 's a charaidean ga leantainn 's iad a' gàireachdraich mar fhaoileagan.

"Dinna worry Angus. He's a moron, from a mouthy minority. Moan, back tae mines."

An trup sa a' coiseachd suas an rathad, cha robh mo cheum cho sunndach. 'S bochd nach robh caraidean Gàidhealach faisg air làimh. Ach, nuair a thill sinn dhan àite-fuirich, chan fhaca mi sealladh dhe na maolanaich. Bha e math faighinn dhan rùm aig Karen ge-tà 's e air a mhaiseachadh le ìomhaighean snoga: Rosa Parks, Maya Angelou 's Mary Macleod Bethune. Shaoil mise gum bu chòir dhòmhsa dealbhan a chrochadh cuideachd: Somhairle, Dòmhnall Stiùbhart agus Pòl MacAonghais. Rinn Karen seòclaid theth dhuinn. Bha e glan a bhith còmhla rithe. Ach bha aon cheist agam dhi agus, mu dheireadh thall, chuir mi sin oirre,

"Are you ... Do you, have ... a partner?"

"Ehm ... naw ... Ahm asexual," fhreagair i.

"Eh? What's that?" dh'fhaighnich mi.

"Ah dinnae fancy boys, or girls."

"What? You don't find people attractive?" dh'fheòraich mi.

"Ah kin see that folk are fine-looking. But ah just dinnae want tae get aff wie 'em."

"But ... have you never wanted to?"

"Never."

"Ever?"

"No. Never."

Chan urrainn dhomh a ràdh nach robh mi tàmailteach.

Ach nuair a thill mi dham sheòmar fhèin bheannaich smuain mi: nach tug ise breith orm airson a bhith geal, no Gàidhealach, no gun robh 'blàs' air mo chainnt. Oir, thuig mi gun robh mise 'diofraichte' a-niste, son a' chiad uair riamh nam bheatha. Ach cha robh sin gu diofar dhìse. Thug i càirdeas is seoclaid theth dhomh. Dè eile bha dhìth?

# LAOCH IONADAIL

Bha an treud àbhaisteach a' dèanamh goileim a-bhos an staidhre air oidhche a' film. Nam measg san t-seòmar-cruinneachaidh bha mise, Al, Uibhisteach is neach-glèidhidh an ostail: oileanach bhon treasamh bliadhna. Cha robh mi ann ach airson a' film a thòiseachadh air ar n-oidhche retro – a' coimhead Local Hero.

Chuir mi às na solais, shocraich an dròbh, is bhrùth mi 'm putan.

Sa bhad chunnaic sinn baile mòr Ameireaganach is fear a' dràibheadh Porsche 930 gu oifis sgoinneil obair na h-ola. A' feitheamh air, bha fear-seilbh na companaidh, Felix Happer: mòr, cumhachdach; gun bhean, gun chloinn 's a' feumachadh saic-eòlaiche. Bha esan ag iarraidh Furness a cheannach, baile beag brèagha air Gàidhealtachd na h-Alba, oir bha e a' dol ga thionndadh na àrainn-ola bhiastail choncrait is meatailt, son a phòcaidean a lìonadh. Mar sin chuir e fear òg, MacIntyre, mar thosgaire, a dh'Alba airson fhaighinn dha.

Ach, fhad 's a bha esan a' cur seachad ùine air a' Ghàidhealtachd, air an sgàilean, thachair gun do mhothaich mise do 'Bharra', anns an rùm. Bha an t-eileanach òg eile seo na shuidhe gum làimh chlì, aig a' chùl. B' e Brianan MacNèill an t-ainm ceart a bh' air, ach, on a bha Brendan Tierney agus Brendan O' Halloran againn mu thràth, fhuair esan ainm a dhachaigh mar fhar-ainm.

Nuair a thàinig e sìos a Ghlaschu bha e caran socair, mì-chinnteach. Ach rè na bliadhna, bha e air atharrachadh. Gu math luath, thionndaidh blas a chainnte caran 'Weegie'. Rinn mi gàire a' chiad latha a chuala mi e ag ràdh, "Gie's a bo-al ae jinjur!"

Mun àm a bha e air an dàrna bliadhna, bha beatha shòisealta ùr aige. Bhiodh e tric aig Club Luchd-leantainn Celtic, Sràid Lunnainn. B' e rud a chuir beagan uallaich oirnn ge-tà nuair a thòisich e a bruidhinn tòrr air Bar 67 ('The finest Tim pub in the Gallagate') agus air Cairde na hÉireann (poblachdaich a bha a' strì gu làidir airson Èirinn Aonaichte). Aon oidhche Shathairne 's an deoch air, thuirt e gun robh e ag iarraidh dhan bhuidheann an Green Brigade ann an Roinn 111 de Phàirc Celtic. Bhiodh iadsan a' taisbeanadh bhrataichean le ìomhaighean shaighdearan para-armailteach orra. Agus thòisich e a' cur às a chorp mu chuid de mhuinntir a' bhaile mar, "Filthy Hun scum!"

A-nochd ge-tà, bha e uabhasach sàmhach agus bha fiaradh na cheann, air falbh bhon fheadhainn a bha còmhla ris 's bha a làmh chlì a' falach a shùilean? Sa bhad a chrìochnaich a' film rinn e às, air ais suas an staidhre. An dèidh dhomh an t-àite a sgioblachadh, lean mi suas e chun a' chiad làir agus ghnog mi air an doras aige.

Sgùr e amhaich, "Tad diog!" Nuair a dh'fhosgail an doras bha a shùilean dearg.

"Bheil thu òcaidh, 'ille?"

"Uh-uh..." ars esan, a' cleachdadh a mhuilchinn chlì air a shròin.

"Shaoil mi gun robh rudeigin a' cur ort ... tron film?"

"Hà-um ... thig a-steach."

Dhùin e an doras air ar cùlaibh.

"Uel, cha robh ron film. Ach ... tha, a-nis."

"Dè a th' ann?"

"Uel, ma dh'innseas mi an fhìrinn, an cianalas."

"Seadh?"

"Uel, bhon a thàinig mi a Ghlaschu tha an t-àite air còrdadh rium air leth math. Agus aig geamanan Chinn na Pàirce agus sna taighean-seinnse Èireannach, bidh mi a' seinn òrain Celtic. 'S agad:

"I see graffiti on the wall – of the Celts! of the Celts...

it says oh ah up the RA, say ooh ah up the RA..."

"Ò," arsa mise.

"Ach a' coimhead Local Hero, thàinig e thugam nach biodh mo

theaghlach idir toilichte nan cluinneadh iad mi a' seinn nan òran sin, òrain an IRA. Cha robh iadsan riamh ri dalm-bheachd. Mar sin, roghnaich mi a-nochd nach seinninn tuilleadh 'ad."

"Cha leig thu leas. Tha mìltean sa bhaile seo nach eil a' seinn òrain an IRA, no a' UDA!"

"Tha fios a'm. Ach tha 'n rud a bhuail ormsa a-nochd a' dol nas doimhne na sin. Thuig mi nach e Weegie, no Èireannach, a th' annamsa idir," ars esan. "'S e Barrach a th' annam. Gàidheal à Alba. Agus ged a bha tòrr dhen film na ghnàth-ìomhaigh, sheall Local Hero mo dhualchas-sa dhomh – às ùr."

"Mar dè?"

"Uel, nuair a bha iad air a' Ghàidhealtachd chunnacas lochan, gleanntan, craobhan 's adhar soilleir, gorm, uaine, pinc is orains. 'S aithne dham chridhe-sa iad sin uile."

"Umm," fhreagair mi. "Thill mise a dh'Uibhist a Tuath o chionn bliadhna. 'S innsidh mise seo dhut, cha robh a' ghrian a' deàrrsadh a h-uile latha!"

"Cha robh no ann am Barraigh. Ach, nuair a dheàrrsas a' ghrian air, tha e nas àille na baile mòr sam bith air an t-saoghal! Cuimhnich air na rionnagan-earbaill a bha a' sgiathalaich tron adhar sa film? Cuin a chithear àsan sa bhaile, le na tha de thruailleadh-solais ann? 'S cuimhnich air na Fir Chlis a' dannsa? Cuin a chunnaic thusa àsan an seo? Bha bothan beag fiodha cuideachd shìos ri oir na gainmhiche bàine 's ròin gan garadh fhèin air creagan na tràghad, 's tonnan a' sluaisreadh orra. Thug sin air ais gu Tràigh Èais mise!

'S chan e nàdar a-mhàin a tha gam thàladh. Bha na sanasan-rathaid sgrìobhte sa Ghàidhlig 's bha sanas-balla an taigh'-sheinnse ag ràdh: 'Is e seo a dh'iarr thu.' A' gabhail drama, thuirt iad, "Slàinte." Siud mo chànan-sa 's chan e, "Gaunnie no dae tha'!"

Agus bheannaich e mo chridhe nuair a chualas am fonn, "Chì mi na Mòr Bheannaibh." Bha buaidh dhraoidheil aige orm. Bha e air leth tarraingeach."

"Bheil thu ag iarraidh tilleadh dhachaigh?"

"Uel, an do mhothaich thu, sa film, nach robh doras an taigheòsta glaiste uair sam bith? Sin agad na h-eileanan againne. Nuair a bha feum aig MacIntyre air airgead airson na fòin, chuidich iad uile e! Sin a thachras, nach e? Aig an dannsa-cèilidh, bha a h-uile ginealach ann. Sin mar a tha iad! 'S aig a' chidhe, dh'fhaighnich muinntir an àite do MacIntyre, 'Nach eil agad ach aon obair?' Cha b' urrainn dhaibh creidsinn nach biodh aige ach aon dhiubh! Siud na daoine againne: math air obair, de dh'iomadh seòrsa!"

"Tad ort ge-tà," arsa mise. "Nach cuala tu idir gliocas an iasgair Ruiseanaich, Victor?"

"Dè?"

"Thuirt esan, 'You can't eat scenery!' Ciamar a thèid agad air bith-beò a dhèanamh shuas an sin 's obraichean cho gann? Bi ciallach. Bidh barrachd chothroman agad an seo sa bhaile: contacts!"

"Ist! Tha na mìltean de luchd-turais a' tadhal air Barraigh gach bliadhna; na mìltean dhiubh! Stèidhichidh mise taigh-taisbeanaidh, a thogas m' athair 's mo bhràithrean còmhla rium. Tha fios a'm gun tig an saoghal a Bharraigh, gun còrd e riutha 's gun iarr iad cuimhneachain a thoirt dhachaigh leotha. Agus, na dìochuimhnich idir gu bheil an t-eadar-lìon againn airson ar n-àilleachd a sgaoileadh air feadh an t-saoghail. Cha bhi mise a' feitheamh orrasan tighinn thugamsa a-mhàin. Thèid mise thucasan cuideachd. Sanasachd!"

"Ach cha bhi an tuarastal a gheibh thu ach suarach! Dhèanadh tu tòrr a bharrachd cosnaidh sa bhaile mhòr. An do smaoinich thu air sin?"

"Hud! Cha bhuilich beairteas na ònrachd sòlas."

"De?"

"Rinn Local Hero aithris air strì eadar dà dhiofar shaoghal: saoghal sanntach a' chalpachais is saoghal saidhbhir an dualchais. Cuimhnich air Ben Knox, a' fuireach sa bhothan muraig air tràigh a' bhaile? Aig deireadh a' film chaidh innse gum b' ann leis-san a bha an tràigh. Bha i air a bhith na theaghlach airson 400 bliadhna: tiodhlac bho Thighearna nan Eilean. Cuimhnich? Bha muinntir an àite ro dheònach gun reiceadh e an tràigh do Happer 's leatha, am baile gu lèir. Oir gheibheadh 'ad uile nam milleanan às. Chroch a h-uile sìon air Ben.

Ach, an cuireadh esan airgead sanntach na h-ola ro dhìleab phrìseil a shluaigh? Cha chuireadh! Cha do thrèig e idir oighreachd. B' e sin a dh'fhàg gum b' esan an laoch ionadail! 'S leanaidh mise eisimpleir-san. Tha mise dol dhachaigh!"

# SAN LOBHTAIDH

Èigheach! Teannadh! Tachdadh! Bàthadh! Sracadh! Bualadh! ... Sàmhchair. Cho fada 's a bu chuimhne leam bhiodh na h-ìomhaighean oillteil seo a' tathaich mo smuaintean.

Shiubhail deicheadan bhon a thòisich iad. Ach a-niste bha e doirbh a bhith cinnteach cò às a thàinig iad. An robh iad fìor? Ma bha, carson? Mura robh, dè an gnè mac-meanmna olc a chruthaicheadh an leithid? Seadh, dè an seòrsa inntinn thruaillte a dhealbhaicheadh iad?

Airson a' chiad uair riamh, chuir mi romham a' cheist a chur air mo mhàthair. B' ise an creutair a bu dìlse a chunnaic mi riamh, 's cha chuala mi riamh i ga chàineadh. Mar sin dh'fhaodadh cùisean a dhol taobh seach taobh. Ach, dh'fheumainn faighneachd dhi.

A h-uile turas a bhruidhinn mi air na h-ìomhaighean seo ri caraidean ge-tà dheigheadh mo chorp a chrathadh mar shearbhadair-shoithichean air sreang-anairt ann an gèile.

Ach, cha stadadh gailleann sam bith tuilleadh mi. San t-seòmar-suidhe, bhrist mi 'n t-sàmhchair, "A Mham, ma chuireas mi ceist oirbh, an cuidich sibh mi?"

"Annag a ghaoil, nach eil fhios agad gun cuidich – mas urrainn dhomh idir."

"Tha rudan agamsa nam cheann 's chan aithne dhomh cò an saoghal sam faca mi iad: saoghal na fìrinn no saoghal nam faileas, nam aislingean."

Dh'aom mo mhàthair a ceann gu aon taobh mar a dhèanadh cuilean.

"Tha fios agaibh cho fìor 's a dh'fhairicheas aislingean uaireannan agus gun urrainn dhuinn creidsinn gun do thachair rud nuair nach do thachair e idir?"

"Uh-huh?"

"Uel, chan eil mise cinnteach mu chuid dhem chuimhneachain-sa: am b' ann nam chadal a chunnaic mi iad, no, an do thachair iad dha-rìribh, nam òige."

A-nis thàinig beagan eagail na sùilean. Ach, thuirt i, "Òcaidh?"

Le crith a' meudachadh annam, sgùr mi mo shlugan, "Tha seòrsa de chuimhn' a'm air a bhith san t-seòmar-suidhe 's Dad a' tighinn às a' chidsin le flex a' choire, suas air ur cùlaibh, 's e ga chur timcheall air ur n-amhaich 's ga theannachadh, gur tachdadh. An do thachair sin?"

Chrom i a ceann ... ach dh'fhan i sàmhach.

"Mam, tha tèile agam," arsa mise le osna. "Bha e a' feuchainn ri ur bàthadh. Tha cuimhn' a'm air sgreadail 's air sgreuchail 's air fuaim bàthaidh 's air plubrach 's air frasadh-uisge 's air eagal uabhasach. 'S an uair sin ruith Pòl a-steach, bhon ath-dhoras, is dhragh e dhìobh e."

Dh'fheith mi.

Le bàrr a cinn liath ri fhaicinn, cha chuala mi ach osna eile, bhuaipese.

"Uel, tha aonan eile agam. Bha ur falt snog, dualach 's dreasa àlainn phinc maighdeann-phòsaidh oirbh. Bha an dithis agaibh nur seasamh air taobh eile an dorais fhosgailte, san t-seòmar-suidhe is mise san trannsair gur coimhead. Bha esan ag èigheach 's leis a chuthach a bh' air, shrac e an dreas' àlainn agaibh, bho bhàrr gu làr. Sgailc e an uair sin an doras dùinte 's chuala mi turtaran troma, mùchte. Ach cha do mhùch m' eanchainn riamh an ìomhaigh, no na fuaimean; no, eagal a' bhàis. Tha crith annam an-dràsta, ga aithris!"

Dh'fheith mi.

"An dèidh banais Rosalind a bha sin. Bha thusa sia. Thachair na dhà eile cuideachd."

"Cha b' e aislingean a bh' annta?"

"Cha b' e, a ghaoil. Thachair 'ad ... Tha mi duilich."

Le a ceann fhathast crom, bha i a' coimhead beag na suidhe air an t-sèidhse. "Ò, a Mham. Tha mise duilich!" Shuidh mi ri a taobh 's chuir mi mo dhà ghàirdean timcheall oirre is phòg mi a ceann. "Tha mi duilich, duilich, duilich, a Mham; uabhasach duilich." 'S thòisich mi a' rànaich.

Cha do chaoin ise idir ge-tà. Ach bha sinn an grèim a chèile airson ùine mhòr.

An dèidh treis mhath thuirt mise, "Na tuigibh seo san dòigh cheàrr. Ach, ann an seagh neònach, tha mi taingeil gu bheil an fhìrinn agam, mu dheireadh thall. Bha an t-eagal ormsa nach robh ann ach mo dhroch smuaintean fhèin, fhios agaibh, mac-meanmainn leanaibh, air fhiaradh gu h-uabhasach."

"Cha b' e, a ghaoil," thuirt i 's i a' pògadh mo ghruaidh 's a' slìobadh mo ghàirdein. "Ach tha mi duilich gum faca tusa na rudan sin 's nach b' urrainn dhomh do dhìon bhuapa."

"Cha leig sibhse leas a bhith duilich, Mam. Esan a rinn an t-olc, 's cha b' e sibhse."

An gàirdeanan a chèile, shuain sìth àlainn i fhèin timcheall oirnn. Ach, gu socair, bhrist mo mhàthair a grèim 's a cheart cho faiceallach ghlac a làmhan mo dhà ghàirdean aig na h-uilnean. Le tarraing analach sheall i nam shùilean.

"Tha mise niste a' dol a dh'innse rud dhutsa," thuirt i. "Rud a ghlèidh mi agam fhèin – airson barrachd air deich air fhichead bliadhna."

"Seadh," arsa mise a' sguabadh nan deur bhom bhusan.

"Bha aon oidhche ann, shuas an Inbhir Nis, aig banais fir dhen cho-luchd-obrach aige 's thòisich d' athair air an òl mar a b' àbhaist. Dh'fhàs e fòirneartach. An oidhche sin bha mi deimhinnde gum murtadh e mi. Bha mi cinnteach às! Dh'fhàs e cho dona 's gum b' fheudar dhomh tagsaidh fhònadh 's teiche bhon reception. Rinn mi às dhachaigh, an seo. Cha robh uair a thìde cho fada agam riamh nam bheatha 's a bha agam sa chàr sin. 'S nuair a ràinig mi, ruith mi dhan taigh 's chaidh mi air falach ... dhan lobhtaidh. Chuala mi a e a' tilleadh. Ach dh'fhan mi an sin shuas, san fhuachd 's an dorchadas, gu madainn. Nuair a shaoil mi gum biodh e a' sòbarrachadh, chrom mi, gu goirt, air ais sìos. Agus bha mo liagh an sin na shuain san leabaidh bhlàith againn!"

"Mac an Diabhail!" dh'èigh mise. "Bean dhìleas a chuir cothroman seachad oirre fhèin, son gum biodh beatha shòghail aigesan 's againne. Ciamar a bha sibhse airidh air sin?

Cha do chaoin i.

"Agus, by the way," ars ise. "BHA fios aige dè bha e a' dèanamh. Oir cha do chuir e pat air m' aodann aon uair riamh, ach air mo chorp a-mhàin. BHA fios aige!"

A' tachdadh leis an tàmailt, thuit mi air ais na dà ghàirdean.

Ach, an dèidh treis mhath, dh'fhairich mi a grèim a' leigeil às dhìom a-rithist.

"'S agad air a seo?" ars ise. "Rinn e am feum a bu mhotha riamh dhomh an fhìrinn innse mu dheireadh thall! Son a' chiad uair ann an deicheadan, tha mi a' faireachdainn saor!"

# MATH LEIS A' PHEANSAIL

Nar suidhe gu cofhurtail na ghàrradh àlainn sa bhàgh, bha mo sheann thidsear, Mgr. Greig, a' cur às a chorp. Bha e trang ag innse mun togail a fhuair e, fad' air falbh an deis mheadhan Ghlaschu – le a phoileataigs is a bhall-coise.

"A bheil fios agad cuin a rugadh mi, ma-thà?" dh'fhaighnich e. "Air an dàrna latha deug dhen Iuchar. An dearbh latha a mhiannaich m' athair, am fear bu chudromaiche dhen bhliadhna dhàsan, Latha na Fèise Orains. Agus, bha mi nam bhalach cuideachd!"

"Aaah! B' e sin bu choireach gun d' fhuair sibh an t-ainm Uilleam?"

"Dè eile? An 't-Uilleam beag Orains' aig m' athair. 'S nuair a bha mi mòr gu leòr, bheireadh e gu Ibrox mi, dhan Chopland Road, a choimhead Rangers. 'S ann an sin a tha an luchd-leantainn as dìlse a' dol a sheinn aig àird' an claigeann airson nam balach gorma!"

"Seadh."

"Bhiodh m' athair ag ràdh ri na fir a bha timcheall oirnn, 'Faighnichibh dham mhac cuin a rugadh e.' 'S nuair a dhèanadh iad e, chanainn-sa, 'An dàrna latha deug dhen Iuchar!' 'S bhiodh àsan ag ràdh, 'Bu tu an gaisgeach!' 's gam chlaparan, mar gun robh gnothaich agamsa ris a' chùis! Chanadh e an uair sin, 'Iarraibh air innse dhuibh dè an t-ainm a th' air.' 'S nuair a dhèanadh iad sin 's a dh'innsinn dhaibh gum b' e Uilleam a bh' orm, bhiodh iad na bu shona buileach. Bheireadh iad airgead dhomh 's dheighinn dhachaigh beairteach!"

"Chan eil rian nach robh sin tlachdmhor do bhalachan?"

"Ò, aidh. Chòrd an t-airgead rium. Chanadh a charaidean, 'Bidh am bann orains ort fhathast, Uilleim!' Ach ged a bha mi ag iarraidh m' athair a thoileachadh, mar bu shine a dh' fhàs mi b' ann a bu mhotha a thuig mise nach bitheadh. Bha mise diofraichte bhuaithesan."

"Ciamar?"

"Uel, cha robh ùidh agam san Òrdugh Orains, no, ann an gràin-treubha. An cuala tusa riamh an t-òran a sheinneas tòrr de luchd-leantainn Rangers, 'The Billy Boys'?"

"Cha chuala."

"'Hello, hello, We are the Billy Boys. Hello, hello, you'll know us by our noise. We're up to our knees in Fenian blood, surrender or you'll die. For we are, the Brigton Derry Boys.' B' e buidheann-ràsair bho na 1920an, a bha sna 'Billy Boy's – fo cheannas Billy Fullerton, ball de dh'Fhaisistich Bhreatainn. B' e sin a sheinneadh àsan an aghaidh nan Caitligeach. Gràineil!"

"Maslach!"

"Tha. Ach chan eil àite sam bith aige nam shaoghal-sa. Bha mi diofraichte bhom athair air dhòigh eile cuideachd."

"Dè?"

"Ealain, peantadh, fèin-mhìneachadh, rudan mar sin," ars fear na feusaig ghil. "Bha sin gam fhàgail-sa a' coimhead 'bog' na shùilean-san."

"Tuigidh mi sin," fhreagair mi. "Nuair a bhithinn-sa a' tighinn dhachaigh bhon Cholaist bhiodh na h-uncalan agam ag iarraidh orm seallltainn dhan cho-luchd-obrach aca cho bog 's a bha mo làmhan. Bhiodh àsan ag obair a-muigh le cloich 's bhiodh craiceann cruaidh air am basan. Habair gun dèanadh iad lasgan nuair a chitheadh iad na làmhan boga, geala agamsa!"

"Sin e, 'ille! Sin e!" dh'èigh e. "Ach bha e na bu mhiosa buileach rim latha-sa. Bha m' athair ag obair sna gàrraidhean-iarainn, air a' Chluaidh, am measg fìor fhireanntas. Agus, nam faighnicheadh daoine mum dheidhinn-sa chanadh e, 'Uilleam? Tha e math leis a' pheansail.' Sin cho faisg 's a dheigheadh e air innse gun robh mi ri obair-ealain."

"Bha m' athair-sa airson gun dèanainn-sa 'obair cheart' sa chuaraidh còmhla ris." arsa mise.

"Ach, bha thusa glic ge-tà. Lean thu do shlighe fhèin," arsa Mgr Greig. "'S innsidh mise seo dhut: bidh dàimh-cridhe agad ris a' Cholaist gu bràth."

"Bidh gu cinnteach. An do chòrd e rib' fhèin san aon dòigh cuideachd?"

"Ò, a chuilein, chòrd! Bha e mìorbhaileach a bhith ri ealain gu poblach! 'S innsidh mi seo dhut, bha na h-oileanaich comasach air mo bhliadhna-sa. Chithear an obair aca air feadh na dùthcha. Dh'ionnsaich mi a cheart uimhir bhuapasan 's a dh'ionnsaich mi bhom oidean."

"Ach an d' fhuair sibh riamh cothrom ur n-athair a dhèanamh moiteil asaibh?"

"Fhuair. Bha mi air coinneachadh ri Mattie, mo bhean, sa Cholaist. Bha ise na crèadhadair 's bha gaol mòr againn air a chèile. Mar sin, sa bhad 's a cheumnaich sinn, phòs sinn. Bha daoine ga shùileachadh sna làithean sin. Ach, mar as àbhaist le tòrr dhaoine a cheumnaicheas à sgoil-ealain, cha robh sgillinn ruadh againn eatarrainn. Sheòl mìosan seachad gun teachd a-steach a bhith againn. Ach, an uair sin, thàinig m' athair le tairgse."

"Ur n-athair?"

"Aidh. Tad gus an cluinn thu seo. Bha bratach ùr a dhìth air a' mheur aigesan dhen Òrdugh – son an t-seusan caismeachd. 'S bha e air cantainn gun dèanadh a mhac fear math dhaibh."

"Bha sin misneachail, ann an dòigh. Eh?"

"Bha. Tha mi creidsinn gun robh. Ach, cha robh mise airson an 'adhbhar' sin adhartachadh oir bha dlùth-charaidean Caitligeach agam on Cholaist 's bha leth dhen teaghlach aig Mattie dhiubhsan cuideachd. Air làithean-caismeachd chuireadh an t-Òrdugh sgreamh air dàrna leth muinntir a' bhaile – gan stad bho bhith a' dol thairis an rathaid nuair a bha iadsan ri fuaim is fuathachadh. Ach b' e seo a chuir an tarraig mu dheireadh dhan chiste: nuair a thòisich cuid dhen luchd-leantainn aca a' sabaid ri luchd-amhairc aig cliathaich an rathaid chaill balach beag bhon t-sràid againne a shùil. Botal san aodann!"

"Chan iongnadh gum biodh sgàig oirbh ma dheidhinn."

"Ach – 's tha e doirbh seo aideachadh – a' coimhead air bho thaobh eile, bha cothrom agam – mu dheireadh thall – air rudeigin a dhèanamh a dh'fhàgadh m' athair moiteil asam. Agus, a thuilleadh air a sin, bha Mattie 's mi fhèin gann de dh'airgead. Thairg an t-Òrdugh £70 dhuinn: dearg fhortan aig an àm ud."

"Mar sin, an do ghabh sibh an dùbhlan?"

"Ghabh. Aig deireadh an latha, bha feum againn air na spondoolags. Rannsaich sinn stoidhlichean nam bratach Orains 's cheannaich m' athair na stuthan airson fear a dhèanamh. Bha stiùdio aig caraid dhuinn sa Ghallowgate 's thòisich sinn air an obair. Dh'obraich sinn air a latha 's a dh'oidhche, le ar n-uile chomasan. Agus eatarrainn, feumaidh mi a ràdh gun do rinn sinn bratach na b' fheàrr na bh' aig meur sam bith eile san Òrdugh, san dùthaich gu lèir!"

"Nach e ur n-athair a bhiodh toilichte?"

"B' e sin m' amas. Mu dheireadh, thàinig latha mòr an fhoillseachaidh 's thadhail am meur aige air an stiùidio. Bha am bratach air falach fo chuibhrig airson an taisbeanaidh. 'S aig an àm shònraichte, shlaod Mattie aon cheann dheth 's mise an ceann eile. Dan-dan-dà!"

"Seadh?"

"Thuit aodann m' athar mar chloich 's dh'èigh e, 'Cha dèan sin idir a' chùis!'"

"Carson?" dh'fhaighnich mise 's mi troimh-a-chèile.

"'Tha 'n claidheamh aige na làimh chlì! Cha bhi gnothaich sam bith againne ris a' làimh chlì, no ris a' chois chlì, no ri dad sam bith idir a tha clì! Cha chleachd sinne am bratach seo gu sìorraidh!'"

"Och, tha mi duilich," arsa mise 's gun càil a dh'fhios agam dè idir bha ceàrr air an làimh chlì.

"Hud, na gabh dragh!" arsa Mgr. Greig. "Phàigh iad sinn airson ar saothrach co-dhiù, agus, air sgàth nach do chleachd iad e, cha do chuir sinne – air dhòigh sam bith – ri dalm-bheachd a' bhaile."

# ÒRAIN M' OIDHCHE

An Lannsa. Bha m' inntinn air an lannsa. Le opairèisean mòr romham, sheas smuaintean tharam mar stacan àrda Mhiùghlaidh os cionn muir luaisgeanach.

'S e fireannach a th' annamsa. Mar sin, cha toigh leam a bhith a' dol gu dotairean, no ionadan-slàinte, no ospadail. Ach an dèidh mhìosan de mhì-chofhurtachd nam chom, b' fheudar dhomh tadhal air a' chiad dhà dhiubh. Cha robh càil a dhùil a'm ge-tà gum feumainn eòlas a chur air an treasamh fear cuideachd. Ach, lean a dhà gu trì.

Nuair a sgrùd iad m' innibh, lorg iad aillse air falach nam bhroinn. Sheall eòlaiche X-ghath sin dhomh 's ged nach tuiginn a h-uile càil a chunna mi, bha am bòcadh nam ghrùthan chò mòr 's gum faiceadh bonn mo bhròig e. Thuirt an Dtr Patel nach robh an truailleadh air a dhol a dh'àite sam bith eile agus gun robh ise dòchasach gum b' urrainn dhi a ghearradh asam gu lèir. Mar sin, a dh'aindeoin ana-càil, dh'aontaich mi gun tillinn.

Thug iad fiosrachadh dhomh mu cheumannan m' opairèisein. 'S a dh'aindeoin sgàig, dheisealaich mise m' inntinn air a shon cho math 's a b' urrainn dhomh.

Ach, rè m' ùine-feitheimh, bu tric a dhùisginn tron oidhche 's mi fo chùraman àbhaisteach dhaoine nam shuidheachadh-sa. Cha b' ann gu ìre cho mòr air sgàth eagal a' bhàis, ach, nam b' e 's nach obraicheadh e, a thaobh a bhith beò fo chràdh leantainneach.

Ach cha robh dlùth-chàirdean agam tuilleadh, air an taobh seo dhen chùirtear, dhan innsinn m' uallaichean pearsanta. Aig m' aois-sa, tha a' mhòr-chuid dhem dhàimhean air an taobh thall. Mar sin, dh'èirinn gu solas fuadain an teilidh: uidheam gun chridhe a' tilgeil ìomhaighean gun cheangal rium; guthan a' bruidhinn, gun fhacal feumail aca ri ràdh rium.

Ach, ach, ach, nuair nach riaraicheadh sin mi, thionndaidh mi gu meadhan-sàsachaidh: m' òrain. Tha iadsan dhòmhsa mar a tha uirsgeulan do chuid: togaidh iad m' inntinn à far a bheil mi gu suidheachaidhean is smuaintean fada nas fheàrr. Coltach ris a h-uile Gàidheal eile, 's fheàrr leamsa na h-òrain a leigeas leis an fhìrinn a tha nam bhroinn – 's nach urrainn dhòmhsa a chur an cèill – èirigh air sgiathan thonnan-fuinn. Air an oidhche, dh'èistinn ri na taghaidhean a b' fheàrr a bheannaicheadh mo chridhe, gus am fàsadh mo chorp 's m' inntinn sgìth is sìtheil gu leòr airson cadal a-rithist.

'S a-nis, a dh'aindeoin slocan dorcha fom shùilean, tha mi taingeil gu bheil na pìosan-ealain phrìseil sin làimh rium airson mo thoirt gu doras mo dhùbhlain.

Sa uard a-nis, tha mi air trasgadh 's tha àileadh tur-ghlan nam chuinnleanan.

Air an troilidh, dìreach gus a dhol a-steach, tha m' fhòn ag ath-chluiche òran a sgrìobh bàrd Inbhir Àsdal, Iain Camshron. Duine cho ealanta 's a chuir smuain riamh an cèill.

Ach tha mi a' faicinn gu bheil iad deiseil air mo shon, 's gun fheàrr dhomh na fònaichean-cluaise a thoirt asam. Tha mi a' sìneadh m' fhòin chun na tè ann an gorm. Tha ise a' dèanamh cinnteach gu bheil e dheth 's tha i ga chur na shìneadh air cunntair fuar meatailt. Tha i ag ràdh gun toir i a-nis steall-cadail dhomh, nam chuisle. 'S o ghrunn mo bhith, tha mise a' cluinntinn guth àlainn Uibhisteach a' seinn òran a' Camshronaich 's ag èirigh air sgiath:

*Mo shoraidh slàn leibh, mo chàirdean dàimheil*
*An Inbhir Àsdal ri taobh Loch Iù –*
*Ma thig mi sàbhailt, tron chath 's tron ghàbhadh,*
*Don Tì as àirde gun robh a' chliù.*

Siud an steall a' dol annam.

"Tòisich a' cunntadh air ais a-nis, o dheich," thuirt i.

"A deich, a naoi, a h-ochd, a seachd ..."

# CHA DO DHÙIN DORAS

Sgailc i 'n doras dùinte le roid a bha fiadhaich!

"Dè fo ghrian a tha ceàrr ort?" dh'èigh Dave 's aire air a reubadh bhon TBh. Nuair a sheall e oirre ge-tà, chunnaic e cràdh na sùilean. Sa bhad, thilg e a chasan thar oir na sèidhse dha na Birkenstocks, is sheas e, "Dè th' ann?"

"Dh'fheumainn feuchainn ... aon uair eile."

"Ò, na can rium – àsan – a-rithist?"

"Dh'fheumainn!" ars ise le crith na smiogaid. "Dh'àithn iad dhomh nam leanabachd: 'Thoir urram dhad athair 's dhad mhàthair.' 'S tha mi glaiste san t-seòmar sin aca."

A' cromadh a chinn chun an taoibh chlì, chaidh Dave thuice le ghàirdeanan fosgailte is shìn e a làmhan gu tlàth air bàrr a cruachain, "Dè bh' ann an trup sa?"

"Bha mi air aideachadh," ars ise, "gun robh dà thaobh air gach argamaid 's nach robh mise gu tur gun choire. Ach dh'èigh Dà, 'Chan eil sinne air dad a dhèanamh ceàrr, a pheasain!'"

Chrath Dave a cheann 's leig e osna às. Thuit smiogaid Alison air a bràghad is chaoin i, a-rithist. Thog esan a làmh chlì gu cùl a cinn is ghluais e a làmh dheas a-steach gu cam ìosal a droma. Phaisg ise a dà ghàirdean mu chùl amhaich-san is rinn iad dannsa ciùin aithnichte.

"Cha robh mi a' dol a ràdh guth," arsa Dave. "Ach, ron bhanais againn, thàinig d' athair thugam 's thug e rabhadh dhomh gun robh thusa, 'man strap luch' a thaobh do nàdair."

Stad an turraban socair 's sheall i dha shùilean.

"Nuair a mhol mi thu mu choinneamh do mhàthar, cha tuirt ise ach, 'Tha mi 'n dòchas gun caomh leat pasta!' Agus, an oidhch' ud aig an taigh aca, nuair a chaidh sinn son cuairt 's a ghabh mi do làmh, thuirt i, 'Huh! 'S math mar a mhaireas!'"

Cha tuirt Alison guth.

"Agus," lean Dave air, "uair no dhà nuair a bha thusa a' caoineadh air a' fòn 's ag ràdh nach b' urrainn dhut feitheamh gus am biomaid pòsta, bha iongnadh orm a thaobh dè bha dol. Is shaoil mi neònach e nuair nach tug do phàrantan taic sam bith dhut le ullachadh na bainnse. Ach, b' ann às dèidh dhuinn a bhith pòsta treiseag a thuig mi, dha-rìribh, gun robh rudeigin fada ceàrr. Oir, cuimhnich, nuair a dh' innis thu dhad mhàthair gun robh thu trom, an àite a bhith toilichte, b' ann a ghlamh i, 'Cha bhi thu cho smart nuair a bhios pàist' agad!' Dè idir, dha-rìribh, a tha a' dol eadaraibh?"

"Cha robh mi 'g iarraidh guth a ràdh riut ron bhanais – mus cuireadh e an aghaidh mo phòsadh thu. Ach, on a tha sinn a' bruidhinn air a-nis ... b' e droch ghiùlan mo mhàthar a dh'fhàg gun robh mise cho fìor mhiannach air faighinn air falbh bhuapa."

"Uh-huh ..."

"Agus b' ann a chionn 's gun robh mi gam fàgail a bha i cho suarach rium," ars Alison. "'S dh'fhaighnich mi dhi, 'An robh sibhse an dùil gum fuirichinn an seo a' coimhead às ur dèidh fad mo bheatha?' 'Bha!' ars ise gu h-amh. 'Cha robh mis' a' smaoineachadh gun gabhadh duin' thu!' Siud a thuirt mo mhàthair fhèin rium! Ach, bha rudan eile gam ghonadh cuideachd. Mar eisimpleir, rè seachd bliadhnaichean oilthighe mo bhràthar mhòir, phàigh àsan a h-uile sìon dhà. Fiù 's ath-shuidhean! Chuir iad mo bhràthair eile tro cheum ceithir bliadhna cuideachd. Bha sin dòigheil gu leòr. Ach, nuair a thàinig e thugamsa, bha agamsa rim shlighe fhèin a dhèanamh tron Cholaiste, le obraichean pàirt-ùine. Carson a phàigheadh iad a h-uile piuc dhan dithis bhalach 's nach dèanadh iad sin dhòmhs'? Nuair a thog mi seo, chan aidicheadh iad idir nach tug iad an aon taic dhòmhsa. Ach Dave, cha tug! 'S a-nochd air a' fòn, nuair a bha sinn ag argamaid mu dheidhinn a-rithist, chuir m' athair crìoch air cùisean le: 'There's no chance of reconciliation. Too much water under the bridge.' Dhùin e 'n doras orm!"

"Och ... Babes ..." arsa Dave 's e ga plùisgeadh gu teann ris fhèin, "tha mi duilich ..."

Lean iad orra a' gluasad o thaobh gu taobh.

"Ach tha dleastanas eile san Leabhar aca ge-tà, air nach tug àsan guth," ars esan.

"Cò 'm fear?"

"Tha, 'Athraichean, na brosnaichibh ur clann gu fearg.'"

"Ò, tha cuideachd. Tha thu ceart."

"Chan fhaod àsan dleastanas iarraidh ortsa mura coilean iadsan am fear aca fhèin!"

"Tha mi sgìth dhen uachdranas aca co-dhiù," ars ise. "'S e inbheach a th' annamsa a-nis: bean is màthair, le mo theaghlach fhèin."

Agus mar gun tugadh iuchair dhi, chuimhnich i air rosgrann pòsaidh na bainnse:

"Air an adhbhar sin, fàgaidh fear a athair agus a mhàthair, is dlùth leanaidh e ri a mhnaoi: agus bidh iad nan aon fheòil."

"Fàg do phàrantan 's tàth rid chèile? Doras na saorsa!"

# OIR AN T-SAOGHAIL

Le dol fodha na grèine bha fionnarachd a' lìonadh an àile 's a' sùghadh a-steach na com. Dà bhliadhn' dheug a dh'aois, cha robh oirre ach lèine-T, briogais-ghoirid, stocainnean is brògan.

Diogan na bu tràithe, bha Jules air a bhith ri euchdan lùth-chleasachd aig na 'Geamannan Oiliompach' còmhla ri Abi. Eadar an dà bhaile bheag aca cha robh ann ach àsan a bha mun aon aois agus ged a bha Abi còrr is bliadhna na b' òige na i, bu toigh leis an dithis aca ruith. Mar sin, chòrd na Geamannan, air lèanaidh Fhionnasdail, gu mòr riutha. Oir, nam mac-meanmainn-san, bha mìltean de luchd-amhairc air an coimhead 's air am misneachadh.

Cha b' i Abi idir an caraid a b' fheàrr a bha riamh air a bhith aig Jules ge-tà, ach, san àite iomallach sa, cha robh tòrr roghainnean aice.

A pàrantan bu choireach. Bha àsan air fàs sgìth de chalpachas Lunnainn 's o chionn bliadhna bha a h-athair, an snaigheadair, 's a màthair, an t-eòlaiche-inntinn, air taigh 'miorbhaileach aig ceann frith-rathaid' fhaicinn air-loidhne. Cheannaich iad e agus on a bha talamh na chois thug e cothrom dhaibhsan an Deagh Bheatha a mhealtainn. A-nis bha àsan sona. Bha ceithir caoraich Hiortach, cearcan Chocolate Orpington agus Sealtaidh frionasach aca – a thuirt a màthair a cheannaich i 'dhìse' airson a bhith nan 'caraidean' dhi.

Ach cha robh diù a' choin aicese ann am beathaichean ge-tà 's cha do chòrd e idir rithe a bhith a' fuireach air iomall an t-saoghail. B' e caraidean coltach rithe fhèin a bha ise ag iarraidh! No, a seann charaidean. Dhìse, bha Beàrnasbhagh gun fheum. Cha robh 5G, ionad-spòirs no fiù 's solais-sràide ann. Ach, aonaranach 's ged a bha i cha do dh'innis i dha màthair mar a bha i a' faireachdainn. Oir bha ise na h-eòlaiche-inntinn 's an-còmhnaidh ceart!

Leis an dorchnachadh ge-tà, thuit gruaim air Jules. Dh'fheumadh i a dhol gu ceann rathad Fhionnasdail, am baile aig Abi, airson faighinn gu iomall Bheàrnasbhaigh, am baile aice fhèin. Mar sin b' e soraidh dhiùid a dh'fhàg Jules aice 's i air a slighe dhachaigh.

Ri taobh an taighe mu dheireadh aig ceann an rathaid mhòir, bha i a-nis leatha fhèin. Ghabh i aithreachas nach tug i biùgan leatha, oir, san duibhre, bha ceum cam, tulgach ga feitheamh – 's a dachaigh mìle sìos frith-rathad cumhang Bheàrnasbhaigh.

Bhon a ghluais iad, bha i air an sgrìob seo a ghabhail tòrr thursan. Agus, ged a bha an dorchadas air tuiteam, bha beachd aice air càit' an robh i a' dol. Bha feur a' fàs am meadhan an fhrith-rathaid, le eag air gach taobh dheth, 's air na taobhan a-muigh, bha fàl feurach. Dh'aithnich a casan 's a cluasan aon dhe na h-eagan. Chumadh an greabhal cruaidh fo a bonn ceart i, mar loidhne rèile. Mar sin, lean a casan 's a cluasan fuara an greabhal.

Habair gun robh cabhag innte a' dìreadh a' chnuic. Nuair a ràinig i bonn an leathaid, bha roghainn aice. Nan leanadh i am frith-rathad, bheireadh e a-null mu ochdad meatair i, gu faisg air taigh Gordon Barnes is timcheall air cam teann a bheireadh air ais i gu mu thrithead meatair air falbh bho far an robh i na seasamh. Air neo, dh'fhaodadh i an t-slighe dhìreach, ghoirid a ghabhail: tarsainn air na feannagan 's seachad air an t-seann tobhtaidh fhalamh. Roghnaich i an t-slighe a bu ghiorra.

B' e sìnteagan mòra a thug i aiste thairis air a' chiad trì dhe na feannagan. Ach chual' i fuaim. Stad i 's gheuraich a claisneachd. Anail! Anail a bh' ann! Chrath sgreuch i, "Meeeeeeig!" Mus robh fios aic' air, bha i a' ruith na bu luaithe na rinn i aig àm sam bith tron latha, no, riamh na beatha! Ach, thuit i an comhair a cinn a chlais 's chaidh uisge polldach na beul! Pah! Dh'èirich i, na bu luaithe na rocaid 's a' teiche bhon sgreagaig a bha às a dèidh, sheòl i seachad air ceann na tobhtaidh.

Cha bhiodh am frith-rathad ach meatairean air falbh! Sa bhad a dh'fhairich a casan fàl a' cheuma, lorg iad an t-eag a b' fhaisg' oirre 's ruith i cho luath 's gun robh fèithean a stamaig cho cruaidh ri Tursachan Chalanais. Às a rian leis an eagal, cha do sheall i air ais. Cha robh càil a dh'iarraidh aice air sùilean dearga bana-bhuidsich fhaicinn a' dlùthachadh oirre.

Roimhpe, bha seann drochaid. Cha do rinn i mearachd. Uosh! Suas an cnocan. Suas seachad air taigh Dilworth. Suas, mar ghath, a' fàgail an t-solais air chùl. Air sgàth fuaim a slugain 's a sgamhain, cha chluinneadh i dè a bh' air a cùlaibh.

Ghabh i timcheall air cam an rathaid aig ceann na bàthcha. Dìreadh beag chun na dachaigh a-nis is sheòl i thar bhàrr a' chnuicein. Fichead meatair chun dorais chùil.

An uair sin ghreimich a làmh theth air meatailt fhuar an dorais 's chuir i a gualainn ris. Trost! 'S a-steach. Brag eile. Dùinte. San sguilearaidh, bha tarraing a h-analach cràiteach. Ach bha solas fo dhoras an t-seòmair-suidhe. Nuair dh'fhosgail i e, theabar a dalladh.

Leum a màthair thuice, "Jules! Mu dheireadh thall! Tha thu mucail! Dè tha ceàrr?"

"Leig uilebheist sgreuch aiste aig tobhtaidh Barnes 's rinn mi às lem bheatha!"

"Ò, òinsich," ars ise le gàire. "Nach ist thu! Chan eil a leithid a rud ri uilebheist ann. Cha robh ann ach 'n gobhar ùr aig Gordon Barnes air teadhair airson na h-oidhche. Agus ... dh'aontaich d' athair 's mise gum faigheamaid meann snog coltach ris a bhios na charaid eile dhutsa cuideachd! Nach bi sin sgoinneil?"

"Cha bhi, idir!" ghlaodh i. "Chan e peataichean a tha mi ag iarraidh, ach caraidean!"

# AN TÈ MHEADHANACH

Lena! Cha b' urrainn dhomh a chreidsinn! Chuir mo thiocaid nam shuidhe mi ri taobh Lena?

Cha robh sinn air coinneachadh ro Fhèis Dhoire. Ach a-nis bha: ise a' seinn 's mise a' seinn na pìoba. Bha dannsairean 's luchd-ciùil 's eile air tighinn a-nall à Alba còmhla rinn cuideachd. Habair gun robh an turas fhèin math, làn càirdeis, cultair is craic: Èireannaich is Albannaich, aon chineal, aon fhine, aon sliochd, aon treubh. Chòrd e glan riumsa.

Gach feasgar, às dèidh seiseanan an latha, nuair a thilleadh sinne, na h-Albannaich, dhar n-àite-fuirich, choinnicheamaid san t-seòmar-chumanta 's dhèanamaid uile oidhirp air a bhith còmhraideach, spòrsail. B' e sin a h-uile duine, ach, Lena mhòr. Shuidheadh ise gun smid aice ag èisteachd ris a h-uile neach eile. Cha b' e idir gun robh i socharach. Choimheadadh i dìreach nad shùil nan seallte oirre. Cha robh ann ach nach dèanadh i oidhirp.

Feumaidh mi aideachadh gun do chuir sin mise thuige beagan, 's mi a' feuchainn ri còmhraidhean beothail a chumail a' dol fad nan trì làithean. Ach, uaireannan, shàraicheadh fuaim mo ghutha fiù 's mi fhèin.

Co-dhiù, bha sinn a-nis air ar slighe air ais dhachaigh. Às dèidh ar bagannan-làimhe a chur a sheotalan àrda an itealain, shuidh sinne ri taobh a chèile. Dh'fhàg sinn an talamh 's bha mi 'n dùil facal modhail a ràdh rithe 's an uair sin cadal. No leigeil orm gun robh mi nam chadal.

An dèidh sàmhchair mhì-chofhurtail, thòisich mi, "Cha robh càil a dh'fhios a'm gum biodh tu cho sònraichte math air seinn 's a bha thu aig a' chuirm a-raoir. Bha thu sgoinneil!"

Sheall i orm le ceist na sùilean.

"Cha eil mi a' ciallachadh càil dona. Ach, on a chaidh sinn a-null, bha thu car sàmhach 's mar sin shaoil mi gur dòcha gum biodh thu beagan gealtach … air àrd-ùrlar. Ach, nuair a sheas thu leat fhèin, fon t-solas, thàinig thu beò! Bha thu sgoinneil, Lena."

"Tapadh leat," arsa ise 's a' chiad fhiamh-ghàire a' nochdadh.

"An fhìrinn a th' agam. Bha cumhachd annad. 'S nuair a sheinn thu 'Cùl do Chinn' bha mise a' creidsinn a h-uile facal dheth. Bha uimhir de dh'fhaireachdainn nad ghuth 's nad shùilean agus san dòigh san do mhìnich thu cràdh an òrain, fiù 's led làmhan. Chreid mi thu."

"Do chuid, chan eil e doirbh faireachdainn cràidh a chur ann an òran."

Chrathadh an t-itealan. Ragaich ar cuirp 's shad sinn ar làmhan a-mach gu na suidheachain mur coinneamh. Ach a cheart cho luath 's a thòisich an luasgadh, chiùinich e.

"Uel," arsa mise, a' feuchainn ri m' an-fhois fhalach. "Rinn thu gu cumhachdach e."

"Tapadh leat."

B' ise a bhruidhinn an uair sin, "Nam leanabh, bha mo màthair na h-alcolach 's bhithinn-sa, mo bhràthair mòr 's mo phiuthar bheag gu tric acrach, robach a' dol dhan sgoil. Bhiodh ar n-uidheamachd seann-fhasanta 's bhiodh a' chlann a' magadh oirnn 's gar bualadh."

"Och, tha sin garbh. Nach biodh do bhràthair mòr gur dìon?" dh'fhaighnich mi.

"Bha ar màthair às a rian – cho aingidh 's gun robh gràin aig a h-uile duine oirre. Bhrist ise a spiorad ga spadadh 's cha dèanadh esan càil ach a dhruim a thionndadh ri neach sam bith a bhiodh ga bhualadh. Cha robh athair againn."

Mus d' fhuair mi air facal cofhurtachaidh a thoirt dhi, lean i oirre, "Aon latha liodraig còignear bhalach mo bhràthair, aig seada nam baidhsagal. Ach, chaidh mise air an tòir, fear an dèidh fir," thuirt i gu cinnteach. "Spad mi gach fear dhiubh!"

Chaidh an t-itealan a luaisgeadh a-rithist.

"Thalla!" arsa mise. "An do rinn do bhràthair, riamh, dìon oirbh?"

"Aon triup. Aon latha thàinig mi dhachaigh às an sgoil agus sa bhad, chunnaic mi an dorchadas na sùilean. Bha fios a'm gun robh rud thugam. Uel, leum i orm is ghabh i dhomh, a' draghadh m' fhuilt le aon làimh 's gam bhualadh leis an tèile. 'S an uair sin thog i mi, is thilg i tro dhoras an taighe-bhige mi is leòn i m' asnaichean air oir an amair. Ach leum i orm a-rithist 's chùm i oirre gam bhualadh 's a' guidheachan rium. Bha mi cinnteach gun robh i a' dol gam mharbhadh. Ach, airson a' chiad uair riamh, ruith mo bhràthair a-steach 's chuir e a ghualainn innte. Cha robh dùil aice ris, 's chuir e far a casan i. Mar sin theich mise dhan t-seada."

"Chan eil rian nach tug sin misneachd dha?" arsa mise.

"Cha tug. Thuirt mo phiuthar gun do spad i e gu h-uabhasach 's gun do ghabh e a h-uile buille gun fiù 's a ghuth a thogail rithe. Ach an ath latha, theich e 's cha do thill e tuilleadh."

"Dè a thachair dhàsan?"

"Och, tha e an-diugh na drugadair, gun fheum, an Dùn Dè. Ach bha mise 's mo phiuthar air ar fàgail ... leathase," thuirt i. "Bhithinn-sa a' dèanamh a' bhìdh 's an nigheadaireachd 's an t-iarnaigeadh 's a' cur mo pheathar dhan leabaidh 's eile. Bha mise nam nurs dham mhàthair cuideachd, a' coimhead às a dèidh. Obair gun taing."

"Tha sin mì-nàdarra. Nach eil?"

"Cha robh eòlas agam air càil eile. Cha tuig duine gu bheil rud neo-àbhaisteach gus am bruidhnear ri daoine. 'S mura dèanar e, cha chuirear eòlas air saoghal eadar-dhealaichte."

"Gu h-onorach – tha mi duilich. Ach, tha d' bheatha nas fheàrr a-nis, eh?"

"Tha. Tha teachd a-steach 's taigh air mhàl agam 's bidh mi a' seinn. Shàbhail sin mi."

An uair sin dh'innis Lena dhomh an rud a bu mhotha a thug smaointinn orm riamh: "Pat, 's e roghainn a tha nam shàmhchair."

"Dè?"

"Thuirt thu na bu tràithe gun robh mi sàmhach. 'S e roghainn a tha nam shàmhchair. Chan ann nearbhasach a tha mi. Tha mi ag iarraidh a bhith sàmhach."

Thuit an t-itealan aon uair eile.

"Ciamar?" dh'fhaighnich mi.

"Mar a thubhairt mi, bu mhise an leanabh sa mheadhan. Bhithinn a' faireachdainn gun robh dleastanas agamsa mo theaghlach 's caraidean sam bith a bh' agam a chumail dòigheil. Rinn mi fasan dheth thar bhliadhnaichean. Fiù 's air oidhcheannan a-muigh, nan traoghadh an còmhradh, lìonainn-sa an t-sàmhchair le bleadraich sam bith a thigeadh thugam, son nach biodh mo charaidean a' faireachdainn an-fhoiseil. Bhithinn a' cur diofar aghaidhean orm."

"Sheadh."

"Ach, bho chionn ghoirid, dh'fhàs mi tinn. 'S an dèidh ùine far na h-obrach thuig mi gum b' e m' aghaidhean coimheach a bu choireach. Bha mo chleasachd a' cosg cumhachd m' inntinne 's bha mise, mi fhèin, caillte, claoidhte. Mu dheireadh roghnaich mi nach cleachdainn aghaidhean tuilleadh 's nach fhaiceadh 'ad ach mise. 'S mura còrdadh sin riutha ... tough!

"Thalla!" thuirt mi. "'S dè thachair?"

"Thrèig dithis dhem 'charaidean' mi."

"'S bochd an airidh."

"Cha bhochd. Dh'fhan m' fhìor charaidean. 'S tha fios a'm a-nis gur mise as toigh leotha 's nach e ìomhaigh fhuadain. Thug sin saorsa dhomh. Cha do dh'fhairich mi riamh cho math."

Sheall mi na sùilean. Cuan de shìth – a dh'atharraich cùrsa mo bheatha.

# A' TIONNDADH

A-mach cliathaich a beòil, thuirt Senga, "Amy, tha rudeigin a' dol eadar an dithis ud."

"Eh?"

"Tha rudeigin ... A' dol ... Eadar ... An ... Dithis ... Ud," ars ise 's i a' dèanamh shùilean mòra an taobh a bha dithis nan suidhe aig bòrd.

"Ciamar?"

"Uel, feumaidh rudeigin a bhith a' dol," ars ise. "Chan eil siud nàdarra."

Bho chùl cunntair-bìdh na factaraidh, sheall iad air Amir 's air Elton a' bleadraich.

"Ciamar?" ars an tè a b' òige.

"Uel tha Amir na Islamach 's tha Elton gèidh," thuirt Senga. "Chan eil e nàdarra gum biodh àsan nan caraidean. Tha an dà rud a' dol an aghaidh a chèile."

"Bheil? Dè tha dol, ma-thà?"

"Tha fear dhiubh a' tionndadh."

"A' tionndadh?"

"Aidh. A' tionndadh – chun an taoibh eile."

"Cò 'm fear?"

"Uel, shaoileadh a' mhòr chuid nach b' e Amir a bhiodh ann," arsa Senga 's i a' tarraing a h-anail. "On a tha feusag fhada 's aodach an fhàsaich air. Ach tha fios agad dè chanas iad."

"Dè?"

"Gur iadsan as motha a nì othail as buailtiche a bhith a' falach rudeigin."

"Robh Amir a' dèanamh fuss mu dhaoine a bhith gèidh?" dh'fhaighnich Amy.

"Cha robh. Ach tha fios aig a h-uile duine gur e sin a tha iad a' creidsinn!"

"Ach cha do chàin e iad ri duine sam bith as aithne dhòmhsa. Co-dhiù, ciamar a b' urrainn do dh'Amir a bhith ag iarraidh tionndadh gèidh mura toigh le Islamaich daoine gèidh?"

"Nuair a ruigeas tu m' aois-sa, òganaich, tuigidh tu gu bheil daoine cràbhach cho dà-aghaidheach ri sgadan ciùirte. Agus 's lugh' ormsa iadsan a tha dà-aghaidheach. Chuala tu fhèin mu Fatima 's mu Dhòmhnall Angaidh – no Dòmhnall Aingidh, mar a chanamaid-ne ris."

"Ò aidh! Chuala! Cò chreideadh e?" fhreagair an tè òg.

"Mise! A h-uile piuc dheth. Tha luchd-creideimh cho cealgach ri luchd-poileataigs!"

"Sò, tha thusa a' smaoineachadh gu bheil Amir a' tionndadh gèidh?" arsa Amy ga choimhead. "Ach chan eil càil a choltas gèidh air. 'S cha toigh leis musicals."

"Och, Amy. Ist! Chan eil sin a' ciallachadh càil. Cuimhnich air a' chluicheadair-rugbaidh Cuimreach ud?" ars Senga. "Co-dhiù, ciamar a tha fios agadsa nach toigh leis musicals?"

"Bhruidhinn mi ris, 's mi air a dhol gu Mama Mia. Thuirt e nach toigh leis idir iad," ars an tè òg. "Saoil ma-thà an e Elton a tha a' tionndadh?"

"Tha rudan nas neònaiche air tachairt, a leadaidh!"

"Mar dè?"

"Dòmhnall Iain à Leòdhas a bhith na cheann-suidhe air na Stàitean!"

"Tha sin ann! Ach an tionndaidheadh Elton ge-tà? Seall air na bannan-dùirn a th' air: dathan a' bhogha-froise. Tha tòrr dhiubh air! Mar sin, tha e fìor, fìor ghèidh."

"Och, Amy. Ist! 'S tu cho gòrach ris na faoileagan!"

"Uel, thusa thòisich seo," ars an tè òg. "A bheil thu dhen bheachd ma-thà gur h-e esan a tha a' tionndadh?"

"'S dòcha. Chan aithne dhòmhsa gun robh 'caraid' aige," arsa ise 's i a' roiligeadh a sùilean gu magail, "airson bhliadhnaichean."

"Ach rugadh esan mar siud, agus, 's toigh leis-san musicals. Ge b' e dè cho cruaidh 's a dh'fheuchadh e, cha deigheadh aig Elton air tionndadh. Co-dhiù, nan tionndaidheadh e gu rud a tha an aghaidh a nàdair, nach biodh sin dà-aghaidheach cuideachd?"

"Ò, a leadaidh, nach tu tha faoin. Tha àsan a cheart cho comasach air a bhith dà-aghaidheach. Mar a chanadh muinntir 'Bhreatainn an Toiseach': 'aon mhionaid a' mèilich gu bheil daoine gràineil riutha 's an ath mhionaid a' toirt ionnsaighean air feadhainn nach gabh ris an dòigh-beatha aca fhèin'! Ach tha rud eile ag obair an seo cuideachd: tha daoine cràbhach rag! Bidh iad a' lagachadh inntinnean dhaoine le 'mind control'. Bheir Amir air Elton smaoineachadh gum feum e atharrachadh, no, gun tèid e a theine ifrinn. 'S leis an eagal, tionndaidhidh e. Creid thusa mise. Cuiridh e musicals air chùl airson anam a shàbhaladh. No tha mise air mo mhòr mhealladh!"

"Mmm. Nuair a bhruidhinn mise ris, thuirt e gum bu toigh leis a bhith a' bruidhinn ri Elton a chionn 's gu bheil iad nan co-aoisean a tha eòlach air làithean nach fhaca an luchd-obrach òga a tha timcheall orra. 'S cha tuirt e facal riumsa mu ifirnn."

"Cha do thòisich e ortsa ceart fhathast, Amy," arsa Senga. "Tha e dìreach gad bhogachadh an-dràsta. Ach fuirich thusa! Thig an latha. Tha iad cho carach ris an t-sionnach."

Dìreach an uair sin, dh'èirich cuspairean an còmhraidh bhon bhòrd agus choisich iad a-nall chun a' chunntair a chur nan corran dhan bhiona. Dh'fheith Amy gus am faiceadh i dè cho amh 's a bhiodh ceannard a' chidsin riutha.

"Sin sibh!" arsa Senga. "Ciamar tha an dithis fhear as fhèarr leamsa san t-saoghal an-diugh?"

# ACRAS

Cha do dh'aithnich Sharon an àireamh. Ach nuair a sheirm a' fòn, thog i co-dhiù i:
"Halò."
"Haidh ... Sharon?"
"Uh-huh."
"Ò, taing do shealbh! Tha fios a'm gu bheil e neònach fònadh nuair nach eil thu eòlach orm, ach feumaidh mi bruidhinn ri cuideigin!"
"Eh, cò a th' agam a' seo an toiseach?" fhreagair Sharon.
"Gabh mo leisgeul, Kasia a th' ann. Tha mi 'g obair còmhla rid phiuthar, Jill. Thug ise d' àireamh dhomh. Bheil e òcaidh bruidhinn?"
"Tha. Dè nì mi dhut?"
"Uel, tha mi gus a dhol às mo chiall 's gun dùin' agam a thuigeas mo shuidheachadh."
"Dè tha ceàrr?"
"Tha an nighean agam tinn 's tha feum agam air comhairle. 'S chuala mi gu bheil thusa eòlach air an rud tha ga buaireadh."
"Sheadh?"
"Emm. Tha fios a'm gu bheil e doirbh bruidhinn air rud mar seo. Ach, bha 'n nighean agad tinn, nach robh?"
"Uh-huh," fhreagair Sharon, caran amharasach a-nis.
"Chan eil duine beò agam a thuigeas mo shuidheachadh!" 'S thòisich i air caoineadh.
"Nise," thuirt Sharon. "Gabh anail mhòr 's, air do shocair, innis dhomh dè tha ceàrr."

"Òcaidh. Duilich. Chuala mi gum b' e tinneas-bìdh a bh' oirre?"

"'S e, Bulimia. 'S e Shivonne a th' air mo nighean 's chan eil nàire sam bith orm bruidhinn ma deidhinn. Dè a nì mu dhut?"

"Uel, tha e air mo nighinn-sa cuideachd 's cha leig i idir leam a cuideachadh."

"Tha mi duilich, Kasia. Dè an t-ainm a th' oirre?"

"Zoey. Zoey a th' oirre. Tha i sia-deug."

"Siuthad, ma-thà, innis a sgeul dhomh. Mar a thubhairt mi – air do shocair."

"Uel, bha i dòigheil gu leòr sa bhun-sgoil. Ach, nuair dh'fhàg a h-athair sinn leòn e i."

"Bheil fada bhuaithe?"

"Ceithir bliadhna. Bhiodh ise dà-dheug. Bha i ceart gu leòr an toiseach. Ach mu dhà bhliadhna air ais thuig mi gun robh i a' cleith rudan bhuam 's thòisich i a' fàs caol."

"Sheadh?"

"Aig an àm, bha i ag iarraidh 'm prìomh charactar a chluich ann am Panto na Nollaige. Dh'ionnsaich i loidhnichean na pàirt gu dìcheallach. Ach dà latha ron deuchainn dh'fhàs i tinn: an cnatan mòr. 'S mun àm a thàinig an latha fhèin, cha robh i idir gu math. Cha d' fhuair i an ròl. Ach, agus b' e seo an rud: nuair a bha i a' fàgail an togalaich chual i 'n tè a shoirbhich a' ràdh, 'Nach tuirt mi ribh gun robh i ro reamhar air a shon!' 'S thòisich iad a' gàireachdaich. An oidhche sin ghlas Zoey i fhèin san t-seòmar aice, a' rànaich. An uair sin, thar mhìosan, sheasadh i aig an sgàthan a' gearain ma cruth 's ma cuideam. Ach, aig an dearbh àm, bhiodh i ag ithe càrnan bìdh. Mar sin, shaoil mise nach robh trioblaid ach nam cheann. Às dèidh ithe ge-tà, dhèanadh i air an taigh-bheag 's nuair a thilleadh i bhiodh a sùilean fliuch, rudhadh na gruaidhean 's làraichean air a làmhan – far an robh i gan dinneadh na beul. 'S a-nis, cha chuir càil a chanas mise stad air an dol a-mach aice. Ciamar a chuireas mi stad oirre?"

"Kasia ... 'S ise a dh'fheumas sin a dhèanamh."

"Dè?"

"'S ann aig Zoey a dh'fheumas an roghainn sin a bhith."

"... Ciamar?"

"Mar as trice, bidh feadhainn air an tig bulimia a' faireachdainn nach eil smachd sam bith aca air am beathannan. Fàgaidh sin iad ag iarraidh ceannas a chumail air rudeigin. 'S urrainnear smachd a chumail air caloraithean gun chus strì. Mar a tha fios agad tha leithid a rud ann cuideachd ri 'cofhurtachd an ithe'. Chleachdaidh cuid biadh airson faighinn tro throimh-a-chèile. Ach an uair sin – leis an eagal gum fàsar reamhar – sgùraidh iad ast' e. 'S leanaidh an cearcall air a' dol. Ach, an dèidh treis, gabhaidh am bulimia ceannas orra. Sin as coireach gun tuirt mi gum feum an t-srian a bhith an làmhan Zoey. Chan fhaod sinne idir roghainnean a dhèanamh dhaibh. Mura bi Zoey an cunnart bàis, 's ise a dh'fheumas a trioblaid aithneachadh 's a' chiad cheum gu slàinte a ghabhail."

"Ach feumar rudeigin a dhèanamh airson stad a chur air a' chrìonadh? Nach fheum?"

"Uel, 's urrainn dhan dotair-teaghlaich agad speisealaiche a mholadh dhi: proifeiseantach a mholas prògram structarail a dh'amaiseas air dòighean-smaoineachaidh fallainn a shuidheachadh às ùr. Oir feumar faighinn a-mach dè a tha na laighe fon an eas-òrdugh. Nuair a gheibh iad am fiosrachadh sin, feuchaidh àsan ri atharrachadh fallainn a thoirt air na seasamhan-inntinn aice co-cheangailte ri biadh is cuideam."

"Ach 's ann am bodhaig Zoey a tha an cron ga dhèanamh."

"Gun cheist, chithear an cron sa bhodhaig. Ach 's ann sna smuaintean a tha freumhaichean gach cleachdadh stèidhichte. Teagaisgidh na proifeiseantaich dhi ciamar a gheibhear an smachd mhiannaichte – ann an dòigh nas fhallainne na ceannas a chumail air caloraidhean a-mhàin. Ach, cha tig am piseach sa bhad: ceum air adhart 's dà cheum air ais uaireannan. Tha tòrr ri ionnsachadh ... againne cuideachd."

"Mar ...?" dh'fhaighnich Kasia le èiginn fhathast na guth.

"Mar, na toir aithris, idir, air a cuideam. Nuair a chanas sinne gu bheil iad a' coimhead nas fheàrr, cha chluinn àsan ach, 'Tha thu a' fàs reamhar!' Dh'innis Shivonne seo dhomh nuair a dh'fhàs i fhèin na b' fheàrr. Tha 'n dearbh rud fìor nuair a chanas sinn gu bheil iad 'ro chaol.' Dhaibhsan, 's e seo am fonn a b' fheàrr a b' urrainn dhaibh a chluinntinn!"

"Tha sin uabhasach! 'S tric a rinn mise sin – son crathadh a thoirt oirre!"

"Kasia, rinn sinn uile a' mhearachd sin," arsa Sharon. "Ach tha stuthan-teagaisg matha rim faotainn air an eadar-lìn 's tha càrn de shàr-leabhraichean agamsa cuideachd. Uaireannan ge-tà cha leig iad leas ach fios a bhith aca gu bheilear ag èisteachd riutha gun a bhith a' toirt breith orra!"

"Tapadh leat, Sharon. Tha sin na chuideachadh sgoinneil dhòmhsa. Bheil càil eile ann as urrainn dhomh a dhèanamh?"

"Tha. Nach coinnich sinn airson cuairt a ghabhail agus cò aig a tha fios nach tionndaidh i na turas?"

# CÒ AGAIBH A RINN E?

Mun àm sa cha robh an dithis seo idir ga choimhead.

"Tha e a cheart cho math dhuibh innse dhomh cò a rinn e," ars an guth cothromach riutha.

Sheas an dithis dheugair air taobh thall an deasg: ri taobh a chèile, ach dealaichte. Bha an dithis aca a' coimhead an làir.

"A Mhànais, an tusa a thug seachad e?"

"Cha bu mhì."

"Hannah. Am bu tusa a rinn e!"

Chrath i a ceann.

"Cò, mar sin, a bh' ann? Feumaidh gum b' e aonan agaibh a rinn e! No ... an do ghoid cuideigin tè an neach eile?"

Lean sàmhchair a bha cho mì-chofhurtail ri leabaidh thàirnean.

"Tha fios agam gun robh co-obrachadh air choireigin a' dol. Tha sin cho soilleir ri solas an latha. Tha sreathan mòra sgrìobhaidh gu tur co-ionnan agaibh. Mar sin, tha e a cheart cho math dhuibh aideachadh ris an fhìrinn, an-dràsta fhèin, mus fheum a' chùis seo a dhol càil nas fhaide suas!"

Chùm an dithis aca an sùilean air brat-ùrlair thana an làir.

"Ann an aiste anns an robh mìle gu leth facal a dh'fhaid, cha robh ann ach diofraichean litreachaidh eadaraibh. Tha e follaiseach gun robh aonan agaibh, no an dithis agaibh, ri foill. Faighnichidh mi aon turas eil dhuibh, 'Cò a thug an aiste do chò'?"

Cha tàinig smid asta.

"A Mhànais?"

"Cha mhì," ars am fear àrd, fearail a bha math air spòrs.
"Hannah?"
Chrath an tè bheag, sgoileireil an fhuilt fhada, a ceann a-rithist.
"Tha seo tàmailteach, gu h-àraid nuair a chuir mise uimhir de dh'ùine seachad a' toirt dhuibh na stuthan-ionnsachaidh a b' fheàrr a b' urrainn dhomh a chruthachadh dhuibh!"

Shìn sàmhchair na h-uaighe air an t-seòmar seo leis na ballachan loma, odhar, le àirneis-oifis gun tlachd ann, càrnan leabhraichean air an sgeilp, pàipearan air feadh gach deasg agus cafetiere le raip air, ri taobh aon mhuga.

"Chruthaich mise stuthan ùra dhuibhse nach d' fhuair aon chlas eile bhuam gu ruige seo. Thug mi fiù 's clasaichean-taice a bharrachd dhuibh nuair a dh'iarr sibh iad. An aidich sibh idir ris an fhìrinn a-niste. Dhòmhsa?"

Ach, astasan, cha d' dhèirich gog.

"Feumaidh mi a ràdh – a-rithist – gu bheil seo garbh fhèin tàmailteach ..."

Shuidh e sa chathair mhòir air cùl a' phrìomh dheasga, is chrath e a cheann.

"Uel," ars an t-Àrd-ollamh. "'S e call mòr a th' ann. Oir rinn an dithis agaibh math san deuchainn agus bhiodh aonan agaibh air deagh chomharra fhaighinn ..."

Bha tarraing sùla fhathast sa bhrat-ùrlair ge-tà.

"Aidh. Bha aonan agaibh a' dol a dh'fhaighinn '70%' – air àrdachadh bho 69.5% agus an neach eile '69%' – suas bho 68.75%. Mar sin bhiodh aonan air 'A' fhaighinn ... 's an neach eile 'B' – a chionn gun robh mearachdan litreachaidh a bharrachd sna faclan ud.

A' togail a cinn mu dheireadh thall, dh'fhaighnich Hannah, "Cò a fhuair dè?"

"Thusa 'B'; Mànas 'A.'"

"Dè?" ars an tè bheag chomasach le lasadh na sùilean.

"Bha corra fhacal agadsa a litrich thusa ceàrr, ach, a litrich Mànas ceart."

Thionndaidh i 's dh'èigh i a dh'aodann Mhànais, "A chealgaire

Cheartaich thu dhut fhèin mearachdan m' aiste-sa 's cha robh de mhodh agad a dh'innseadh dhòmhsa gun robh iad ceàrr agam!"

# DUBH AIR GEAL

Nam aonar, sheall mi tron leòsan, a-null gu Tìr Mòr. Thall air fàire bha sgòth throm, thiugh, fhada, fhuar, ghlas air tuiteam 's air a' ghrian a dhubhadh às. Dh'fhalaich i Cnòideart: Beinn na Caillich, Ladhar Bheinn, Meall Coire an t-Searraich is gach gleann a bha gan cuairteachadh. Bha i na cùirtear-dealachaidh ghruamach – fad na slighe sìos gu iomall na mara, cha mhòr. Oir, b' ann aig bonn na sgòtha a-mhàin a chìte terra firma. Na bu duirche na a' cheò, bha e na lot caol dorch-ghlas. Shìos aig oir a' chuain chithinn taighean sgapte an siud 's an seo. Ach eadar gach àite-còmhnaidh bha beàrnan – coltach riutha-san a bha san eòlas a bh' agamsa air prìomh chuspair mo smuaintean.

Co-dhiù, ghluais mo shùil sìos bho na taighean chun na fairge – glas cuideachd – ag aontachadh rin na neòil, mar bu dual dhi. Bha anail mhaoth a' sèideadh gu socair air a h-uachdar is smugraich uisge a' tighinn a-steach, on ear. Chuir na spriotagan truas ri tiamhaidheachd. Ach dhùisg na gluasadan beaga seo air bhàrr na mara mise gu tuigse gum b' e ìomhaigh bheò a bha mi a' coimhead, 's nach b' e ola air canabhas. B' e fìor chùl-raon a bha an seo. Is dh'iomair m' inntinn a-nall bhon taobh thall 's air ais gu tìr, gum ro-raon, far an robh craobhan beithe, calltainn, feàrna, is seileach a' fàs.

A-staigh a-nis fo na cabair, sheall mi dham chiste: air teisteanasan-sgoile agus air dealbhan o bhun-sgoil gu àrd-sgoil 's an uair sin on Oilthigh. Esan, na ghrioban ... na ghille ... 's na ghaisgeach òg.

Bha stoc sa chiste – am Blue – bhon Oilthigh agus suaicheantas òr dòrnaireachd: 'Prìomh Dhuais Oilthighean na h-Alba, Meadhanchuideam, 1967'. Bha slacan teanas-bùird ann cuideachd. Ach b' fhada o thug sin slaic do dhad. A thuilleadh orrasan, bha uaireadair ann: Accurist, 21 seud, òr geal, 9ct – a bha fhathast an comas a rodhaigeadh air ais gu beatha. Ach, ò, nach bochd nach b' urrainn dhan dearbh nì tachairt dhan fhear dham buineadh iad.

An uair sin dh'fhosgail mi na litrichean 's chaidh mo chridhe triullainn.

Bha cairt co-latha breith ann, bhuaithesan – mo chiad thè, 1967. Chrìochnaich e, 'Love, your father.' Chuir e sia pògan oirre. Chunnt mi iad. Thàinig glug nam shlugan, ragaich m' amhach, dh'fhàs mo shùilean tais 's chrom mi mo cheann.

Smugraich uisge ris nach robhar an dùil.

On a chaochail m' athair ann an 1968, b' e seo cho faisg 's a gheibhinn-sa airsan, gu bràth: rudan gun anail agus dubh air geal. Sin uireas. Rim bheò. Ò, dh'innseadh daoine sgeulachdan mum athair dhomh ceart gu leòr. Ach, cha robh fiù 's aon chuimhne agamsa air, air mo shon fhèin, mar neach-fianais.

Cha chuala mi riamh e ag ràdh, "Is e seo mo mhac gràdhach, anns a bheil mo mhòr-thlachd." Bu mhinig, bhom dheugaireachd, a bhiodh an toll-dubh a bha nam bhroinn – a' vortex seo – gam shlugadh a-steach a neonaidheachd dhubh. 'S cha lìonadh càil an àibheis sin idir, idir, idir – fiù 's an dubh a bu duibhe air a' gheal a bu ghile, no nì sam bith eile, idir.

Beatha gun athair? An cante beatha ris?

Leig mi deòir asam gu socair.

Ach, san dearbh mhòmaid sin, dh'fhairich mi sìneadh beag air bonn mo dhroma. Sheall mi gum chùl. Mo mhacan aona bhliadhn' deug – gam dhlùth-choimhead, le ceist na shùilean. Gun fhiosta dhomh, bha mo bhalachan air mo dheòir fhaicinn.

Dh'innis mi dha carson a shil iad. Is shaoil mi gun do thuig esan brìgh an fhacail 'Papaidh' beagan na b' fheàrr. Ach, thuig mise rud cuideachd – an dìleab a bh' agamsa. B' esan ogha a sheanar. B' esan Eòin Iain Iain. Còmhla, shealbhaicheamaid-ne gràdh ginealachail, fìreannta ar daoine. Càirdeas athar 's mic.